光文社文庫

文庫書下ろし

# ちびねこ亭の思い出ごはん

## 黒猫と初恋サンドイッチ

高橋由太

光　文　社

この作品は光文社文庫のために書下ろされました。

# 目次

# 茶ぶち猫とアイナメの煮付け

## アイナメ

淡泊で美味な高級魚だが、全国のエサの豊富な磯や沖の岩礁地帯で釣れる。千葉県内房でも釣れる魚で、夏から冬にかけてが旬。焼霜造りや木の芽焼き、鍋にしても美味しく食べられる。

ウミネコが飛んでいる。

図鑑やテレビで見たことはあったが、実物を目の当たりにするのは初めてかもしれない。ミャーオ、ミャーオと鳴く声は、本当に猫に似ている。どこか悲しげな鳴き声は、迷子になった子猫を連想させた。

今年二十歳になる二木琴子は、千葉県の内房にある海の町にやって来ていた。

青い空と海、そして砂浜があって、その脇には舗装されていない小道があった。アスファルトの代わりに、白い貝殻が敷かれている。電話で聞いた道順通りなら、この白い小道をまっすぐ行ったところに、『ちびねこ亭』はあるはずだ。

ちびねこ亭というのは、これから行こうとしている食堂の名前だ。海のそばにあった。まだ午前九時にもなっていないせいか、海辺には誰もいない。そう言えば、ここまで来る間もほとんど人の気配がなかった。琴子の暮らす東京と違って、静かな町みたいだ。

「海の町か……」

琴子はそう呟いて、ウミネコと砂浜をしばらく眺めた後、白い小道を歩き始めた。貝殻を踏む自分の足音が、やけに大きく聞こえる。静かな町に騒音を撒き散らしている気持ちになった。

十月も中旬だというのに、まだ秋は来ていない。夏の陽気が続いていて、雲一つない青空から降り注ぐ日射しは強かった。面倒くさがらずに、帽子をかぶってきてよかった。つばの広い帽子が日射しから守ってくれる。白い帽子をかぶり、白いワンピースを着ていた。肌が白く、髪の長い琴子には、古めかしいくらいの清楚な服装がよく似合っていた。

昭和のお嬢様。

そんなふうに、からかわれたことがある。二歳年上の兄・結人(ゆいと)の言葉だ。それを思い出しただけでも、涙が溢(あふ)れそうになった。

からかわれたことが悔しかったからではない。泣きそうになるのは、兄がいなくなってしまったからだ。

兄は、もうこの世にいない。

三ヶ月前、死んでしまった。

琴子のせいで、死んでしまった。

大学が夏休みに入ったある日の夕方のことだった。琴子は書店に行った。追いかけている作家の新刊が出たので、駅前の大きな書店で買おうと思ったのだ。

　ネット書店は便利だが、これ以上、書店が潰れてしまっては寂しいので、なるべく実店舗で買うことにしていた。

「本屋さんに行って来る」

　親に断り、家を出た。狙っていた新刊は、平積みになっていた。売れているみたいだ。その本を買い、書店の外に出た。

　午後六時をすぎていて、夕日がまぶしかったことをおぼえている。目をすがめるようにして見るともなく駅に視線を向けると、兄が歩いていた。

「お兄ちゃん」

　そう呼びかけると、「おう。琴子か」と返事をした。

　会ったのは偶然だが、駅も書店も近所だ。家から歩いて十分と離れていない。夕食に間に合うように帰ろうと思えば、だいたい、この時間になる。それほど珍しい偶然ではなかった。過去にも会ったことがあった。だから、琴子も兄も驚きもせず、当たり前のように言葉を交わした。

「帰るのか？」

「うん」

会話はそれだけだった。連れ立って歩き始めた。

その後も、何も話さなかった。黙って歩いた。仲のいいきょうだいでも、そんなに話すことはない。気を使って無理に話さなくてもいい相手でもある。

琴子は、買ったばかりの小説のことを考えていた。家に帰って本を読むことを楽しみにしていた。平和な時間が訪れることを、疑ってすらいなかった。兄と一緒にいることは、頭になかった。

そうして五分くらい歩いたところで、信号にひっかかった。幅の狭い十字路で、駅に続く道だからだろう。いつも混んでいた。

不吉な予感はなかった。ただ無言で立ち止まった。このとき、琴子は兄の顔を見さえしなかった。どんな顔で信号待ちをしていたのかを知らない。

待つほどもなく信号が変わった。琴子は歩き出した。やっぱり、兄のことは見ていなかった。

横断歩道を半分以上、渡ったときのことだ。エンジン音が、すぐ近くに聞こえた。とっさに、そっちを見た。自動車が突っ込んできていた。琴子に向かって、猛スピードで走ってくる。

轢(ひ)かれる！

危険を感じたが、身体が強張(こわば)って逃げることができない。怯(おび)えていた。恐怖で足が竦(すく)んでいた。恐ろしさから目をつぶりそうになった。

その瞬間だった。背中に強い衝撃を受けた。一瞬、自動車に轢かれたのかと思ったが、ぶつかる位置が違う。誰かに突き飛ばされたんだと分かった。

押し出されるように、琴子の身体が反対側の歩道に転がった。膝を擦りむき、肘を打ったが、自動車に轢かれずに済んだ。

――何が起こったのか分からない。

そうだったら、どんなによかったことか。何も見ず、何が起こったのか分からないままでいたかった。

歩道に突き飛ばされた後、琴子は振り返り、その瞬間を見てしまった。目をつぶっていればよかったのに、それを見てしまった。

琴子を突き飛ばしたのは――助けてくれたのは兄だった。自動車に轢かれる寸前に、兄は力いっぱい琴子を突き飛ばしたのだった。

「どうして……？」

呟いた声は、誰にも届かなかった。

琴子は助かったが、兄は逃げることができなかった。横断歩道に突っ込んできた自動車に撥ね飛ばされて、糸の切れたあやつり人形のように転がった。

そして、動かなくなった。ねじ曲がったような不自然な恰好で倒れたまま、ぴくりともしなかった。

クラクションが鳴り響き、誰かが悲鳴を上げた。

いくつもの声が飛び交う。

救急車を呼べ！

警察を呼べ！

おい、大丈夫か？

最後の問いは、琴子に向けたものだろう。分かってはいたが、返事ができなかった。頭が働かず、声も出ない。

何を聞かれても答えずに、動かなくなった兄の身体を見ていた。お兄ちゃん、と呟いた気がする。

救急車とパトカーのサイレンが鳴った。

救急車が着いたとき、兄はもう死んでいた。

琴子は、貝殻の敷かれた小道を歩いた。溢れそうになった涙は止まらなかった。景色が滲んで見える。

兄が死んでから毎日泣いていたが、こんなところで泣くわけにはいかない。これから食堂に行くのに、泣いていたら恥ずかしい。目も腫れてしまう。

涙をこらえようと、立ち止まって天を仰いだ。空はどこまでも青く、見ているだけで吸い込まれそうだった。

少し気持ちが落ち着いた。琴子は腕時計を見た。そろそろ予約の時間だ。ちびねこ亭に早く行こう。

気を取り直して、再び歩き出そうとしたときのことだ。突然、浜風が吹いた。

穏やかな天気だったので、油断していた。海辺に吹く風は強く、帽子を吹き飛ばされた。

「どうしよう――」

思わず声が出た。白い帽子は高く舞い上がり、海へと飛ばされていく。このままでは海に落ちてしまう。

どうしようも何も、飛ばされた帽子を追いかけるか諦めるしかない。お気に入りの帽子だった。諦めるわけにはいかない。走るのは苦手だが、追いかけようと走りかけた。

そのとき、彼が現れた。男の影が琴子を追い抜かして行った。

走っている。

飛ばされた帽子を拾おうとしてくれている。

そう思ったのは、あとのことだ。このとき、琴子は声も出ないくらい驚いていた。追い抜いて行った男の背中が、死んだ兄にそっくりだったからだ。

すらりと背が高く、細身で筋肉質。少し長めの髪にも、見おぼえがあった。

「……お兄ちゃん」

呟いたが、その声はたぶん届かなかった。男は振り返ることなく、太陽に向かってジャンプした。

逆光の中で宙を駆けるその姿は美しく、翼の生えた天使のように見えた。兄があの世から帰ってきたのだと思った。

奇跡が起こった。そう思ったのだ。

兄に会いたくて、兄のことだけを思いながら、ここまで来た。奇跡を求めてやって来たのだ。その奇跡が起こったのなら、これほどうれしいことはない。

でも違った。

奇跡は起こっていなかった。

琴子は、そのことを知ることになる。

男は琴子の帽子をキャッチした。海に運ばれていく帽子を右手でつかみ、砂浜に着地した。そして振り返った。顔が、はっきりと見えた。

年齢こそ二十代前半と同じくらいだが、兄とは別人だった。男ではなく、青年と呼ぶのがぴったり来る雰囲気の持ち主だった。

兄は日焼けのよく似合う男性的な容貌をしていたが、この青年はやさしげな顔をしている。抜けるように肌が白く、縁の細い華奢（きゃしゃ）な眼鏡をかけていた。

女性用の眼鏡をかけているのだろうか？

そんな印象を受けたが、中性的な顔立ちの青年に似合っていた。少女漫画の主人公のようにも見える。ヒロインが思いを寄せる、やさしい主人公の顔だ。

その青年が琴子のそばまで来て、帽子を差し出した。

「どうぞ」

容貌だけでなく、声もやさしかった。どこかで聞いた気のする声だったが、思い出している暇はなかった。お礼を言わなければならない。飛ばされた琴子の帽子を取ってくれたのだ。

「ありがとうございます」

帽子を受け取り、慌てて頭を下げた。わざわざ取ってくれたのに、兄のことを思い出してぼんやりしていた。

それにしても、この青年はどこから来たのだろう？　誰もいなかったはずだ。

不思議に思っていると、青年がさらに不思議なことを言った。

「二木琴子様ですよね？」

初対面なのに、琴子の名前を知っていた。

「は……はい。そうですが、あの……。どちらさまでしょうか？」

驚きながら頷き、おそるおそる聞き返した。

琴子も言葉遣いは丁寧なほうだが、青年はそれ以上に礼儀正しかった。腰を深々と折って名乗った。

「本日はご予約ありがとうございます。自己紹介が後になりましたが、ちびねこ亭の福地櫂です」

華奢な眼鏡の似合う青年は、これから向かう食堂の人だった。予約の電話をしたときに、この声を聞いていたことに気づいた。

兄の葬式が終わると、琴子の家は火が消えたようになった。誰もしゃべらなくなってしまったのだ。

父は地元の小さな信用金庫に勤めていて、母はスーパーでアルバイトをしている。二人とも物静かで、穏やかな人間だった。

「琴子ちゃんのお父さんとお母さん、すごくやさしそう」

友達が遊びに来ると、決まってそう言われた。実際にやさしい両親で、声を荒らげるところを見たこともなかった。

兄は、そんな父母の自慢の息子だった。小学校のころから勉強ができて、運動もできた。中学校のときには生徒会長もやった。当たりの前のように地元で一番偏差値の高い公立高校に進み、浪人することなく難関と呼ばれる名門私立大学の法学部に合格した。順風満帆の人生を歩んでいた。

大学を卒業したら検察官か弁護士にでもなるのかと思っていたが、その予想は外れる。入学して一年も経たないうちに、大学を辞めると言い出したのだった。

琴子は驚いたが、両親の受けた衝撃はそれ以上だった。

「どういうことだ？」

「辞めて、どうするの？」

問い詰めるように聞いた。顔色が変わっていた。反対だと分かる口調だ。

そんな父母をまっすぐに見て、兄は答えた。

「演劇を本気でやりたい」

大学合格を機に、兄は地元の小劇団に入っていた。真面目にやっていることは知っていたが、大学を辞めて演劇をやりたいと言い出すなんて思いもしなかった。父と母にとっても、予想外だったようだ。

「大学に行きながら、やるんじゃ駄目なのか？」

もっともな質問だった。せっかく入った有名大学を辞めることを、簡単に許す親はいないだろう。

「片手間じゃなくて、全力でやりたいんだ」

それが兄の返事だったが、もちろん両親は納得しない。

「全力でって、役者にでもなるつもりか？」

「なる」

兄の返事は、どこまでも、はっきりしていた。もう決めたと顔に書いてある。役者として生計を立てるつもりでいるのだ。

「難しいんじゃないの？」

そう聞いたのは母だ。これも、もっともな質問だ。琴子も詳しく知っているわけではないが、成功するのは一握りだろう。このまま大学を卒業して法律関係の仕事に就いたほうが、絶対に安定している。

でも、兄は引かなかった。

「厳しい世界なのは分かっている。でも、挑戦したいんだ」

兄の言葉には迷いがない。進むべき道が見えているのだろう。

「一度だけの人生だから悔いを残したくないんだ」

強い口調で言って、両親を説得にかかった。

三年以内に結果を出す。

テレビドラマにも出てみせる。

役者として芽が出なかったら、国立大学を受け直して公務員になる。

そう言われて、両親は頷いた。腹を括っている兄に何を言っても無駄だと思ったろうし、公務員になるのだと思ったのかもしれない。

正直に言うと、琴子もそう思った。演劇で成功するなんて、テレビに出るような役者になるなんて夢物語に思えた。

だが、三年とかからず兄は結果を出した。

琴子が大学に合格した年に舞台の主役に抜擢（ばってき）され、さらに翌年には、テレビドラマのオーディションを勝ち抜き、主人公の親友という大きい役を手に入れた。そして、注目の新人俳優として週刊誌に取り上げられ、ドラマの撮影が始まってさえいないのに、ときどきテレビにも映った。

「たいしたもんだ」

父は、そんな言葉で兄の選択を認めた。母は、兄が週刊誌に取り上げられるたびに、その記事を切り抜いていた。二人とも、ドラマが始まるのを楽しみにしていた。琴子も兄が誇らしかった。

「お兄ちゃん、すごい」

琴子は本当に兄が努力したことを知っていた。夢を叶えようと大学を辞め、血の滲むような努力をした。才能もあっただろうが、誰よりも稽古をしていた。近所の公園で発声練習をしているところを何度も見た。

「一度だけの人生だから悔いを残したくないんだ」

兄の口癖だったが、悔いは残っただろう。夢を叶える前に死んでしまったのだから。

兄がいなくなった後も、人生は続いた。四人家族は三人になった。琴子を守るために、一人の命が失われた。

あのとき、兄が助けてくれなければ間違いなく琴子は死んでいた。でも、その代わり兄は生きていた。

命を捨ててまで助けてなんて欲しくなかった——琴子の本音だ。死にたかったわけではないが、兄を身代わりにしてまで生きていたくなかった。

兄には、才能があった。たくさんのファンがいたことをよく知っている。兄の劇団に顔を出していたからだ。

琴子は、演劇に興味があった。舞台も見に行ったし稽古の見学もした。座長に頼まれて、何度か舞台に上がったこともある。小さな劇団はいつも役者不足で、通行人の役をやる人間がいなかったのだ。

二度目の出演の後、こんなふうに座長の熊谷（くまがい）に言われた。

「琴子ちゃんは素質がある」

その名前の通り、熊に似た大柄な男だ。髭面（ひげづら）で、四十代にも五十代にも見えたが、兄と十歳と違わないらしい。劇団を作った人間でもあり、兄の才能を見抜いた男でもあった。

不良少年たちが道を空けるような強面（こわもて）だが、目はやさしく、笑うと愛嬌があった。人見知りする琴子が舞台に上がるようになったのは、熊谷が座長だったからかもしれない。彼には、人を惹き付ける魅力があった。

「素質だなんて……」

台詞（せりふ）のない通行人の役をやっただけである。からかわれているのかと思ったが、熊谷は大真面目だった。

「琴子ちゃんがいると、舞台が明るくなる。台詞がなかろうが、歩いているだけで華がある」

　生まれて初めて言われた言葉だった。内気で、いつも教室の隅にいるような子どもだった。人気者の兄とは違う。琴子の知り合いなら、誰もが知っていることだ。

　それなのに、熊谷は琴子を褒めるのをやめない。

「存在感で言えば、結人より上だな」

　冗談としか思えない台詞を真顔で言った。しかも、その言葉に賛成した者がいた。

「おれもそう思う」

　兄だ。黙って話を聞いていた兄が頷いたのだった。

「主役はおれなのに、客はみんな琴子を見ていた」

「それは、下手だったからでしょ？」

「いや、琴子のファンになったからだ。通行人の役で客の心をつかむなんて、おまえは天才だよ」

「からかわないで」

琴子が抗議すると、兄は意味ありげに肩を竦めた。やっぱり、からかっている。さらに文句を言ってやろうとしたとき、熊谷が口を挟んだ。

「本格的に演技をやってみないか。琴子ちゃんなら、結人を超えられる」

「……無理です」

逃げるように断った。演劇は好きだったが、才能もないだろうし、本気でやる覚悟もなかった。兄のおまけで十分だ。自分には台詞のない通行人が似合っている。兄がいたから劇団に顔を出していたのだ。

だから兄が死ぬと、劇団にも行かなくなった。大学も休むことにした。何もしたくないし、どこにも行きたくなかった。自分の部屋で、じっとしていた。出かける先は、兄の墓参りだけだった。

そんな琴子が海の町に行くことになったのは、熊谷の言葉がきっかけだった。

熊谷は、所属している劇団の主宰者というだけでなく、プライベートでも兄と仲がよかった。休みの日には連れ立って、バイクで磯釣りに行っていた。遠出することも珍しくなかったようだ。

その熊谷と再会したのは、兄の眠る霊園だった。ある日、琴子が墓参りに行くと、熊谷が墓石に手を合わせていた。

会いたくない気持ちもあったが、逃げるのはおかしいし、そんな気力もなかった。墓石に歩み寄って行くと、熊谷が琴子に気づいた。

「久しぶりだな」

「その節は、ありがとうございました」

ありきたりの挨拶をして、その場をやりすごそうとしたが、熊谷は踏み込んできた。

「ちゃんと食べてるか？」

そう聞いたのは、琴子の頬が痩けていたからだろう。ずっと食欲がなかった。倒れないように無理に食べているが、気を抜くと食べない日があった。今日も、朝から何も食べていない。

だけど、そのことを言うつもりはなかった。言ったところで何も変わらない。

「はい。食べています」

返事をした。嘘だと分かっただろうに熊谷は何も言わず、ただ心配そうに琴子を見ている。

その視線から逃げるように、二木家の墓石を見た。両親が掃除しているからだろう。墓石は綺麗だった。先祖代々の墓だけあって古びているが、汚れ一つないほどに磨き上げられていた。墓石に雑巾をかける父母の姿が思い浮かんだ。

琴子は、両親のことを思う。泣きながら掃除をしたのかもしれない。自慢の息子が死んでしまったのだから。

私なんか助けなきゃよかったのに。

墓石に向かって呟きそうになった。自分一人が生き残ってしまったことが、どうしようもなく辛かった。

目が潤み、涙が溢れそうになった。泣かないようにしようと涙を呑み込んでいると、熊谷の声が耳にぶつかった。

「ちびねこ亭って知ってるかい？」

唐突な質問だった。面喰らったせいか、涙が引っ込んだ。いきなり何を言うんだと思いながら聞き返した。

「レストランの名前ですか？」

亭は、文人や芸人、料理屋などの屋号につける語だが、何となく飲食店の話をしているように思えた。

「レストランというより食堂だな。海の町の定食屋だ。千葉県の内房にあるんだが、聞いたことないかな？」

生まれて初めて聞く名前だ。千葉県自体、滅多に行かない。兄が生きていたころだって、年に一度か二度、ディズニーランドに行くくらいのものだった。ましてや定食屋に入った記憶はなかった。

「いえ……」

首を横に振ると、熊谷は説明を始めた。

「結人と釣りに行ったとき、何度か寄ったことがある。五十歳くらいの綺麗な女の人がやっている店でな――」

言葉を切り、それから、その台詞を言った。

「思い出ごはんを作ってくれるんだ」

これも、生まれて初めて聞く言葉だ。思い出ごはん――ありがちなようで聞いたことがない。

きょとんとしていると、熊谷が言い直した。

「陰膳（かげぜん）のことだ」

それなら知っている。長い間不在の人のために、家族が無事を祈って供える食事のことだ。法事法要のときに、故人のために用意する食事をそう呼ぶこともあった。熊谷の言っているのは、後者のことのようだ。兄の葬儀のとき、通夜ぶるまいや精進落としの席にも用意されていた。

「ちびねこ亭の思い出ごはんを食べると、大切な人の声を聞くことができる。思い出がよみがえるんだ」

「大切な人……」

とりあえず呟いたが、話についていけていなかった。熊谷が何を言おうとしているのか分からない。

「死者のことだ」

「え？」

「思い出ごはんを食べると、死者の声が聞こえる。目の前に現れることもあるそうだ」

死者が現れる？

「おれの言っていることが分かるか？」

熊谷に聞かれ、琴子は首を横に振った。分かるわけがない。

「ちびねこ亭に行けば、結人と話せるかもしれん。そう言っているんだ」

意味は分かったが、信じられることではなかった。悪い冗談を言われたと思うのが普通だろう。

だが、熊谷の表情は真剣そのものだ。嘘をついている顔ではないし、彼は兄の演劇の師匠であり、世代を超えた親友だった。通夜のときも葬式のときも、誰よりも泣いていた。

本当のことを言っている。

そう感じた。あり得ないことだが、熊谷の言葉を信じたのだ。信じてみようと思った。

念を押すように、琴子は聞き返した。

「本当に、お兄ちゃんに会えるんですか？」

「分からん。かもしれんという話だ」

それが熊谷の返事だった。かもしれないだけで十分だ。琴子は墓参りを忘れて、熊谷に聞いた。

「ちびねこ亭のことを教えていただけませんか？」


「はい。ちびねこ亭でございます」

熊谷から聞いた電話番号にかけると、若い男性の声が応えた。このときは名前すら知らなかったが、櫂の声だ。

「予約をお願いしたいのですが」

「当店は午前十時までの営業となっておりますが、よろしいでしょうか？」

「午前？」

「はい。朝の十時です。大丈夫でしょうか？」

「は……はい。よろしくお願いいたします」

琴子は頷いた。モーニング専門の店なのだろうか。そういう店で陰膳を出すというのも、ぴんと来ないが、もちろん店の自由だ。朝一番の電車に乗って行けば間に合うだろう。

「かしこまりました」

それにしても、古風とさえ言えるかしこまった物言いだった。やさしく柔らかな声が耳に心地よく、緊張せずに話すことができる。

「思い出ごはんを作っていただけますか？」

「承知いたしました」

二つ返事で引き受けてくれた。それから、琴子の名前と連絡先を伝えた。その後のことだった。大切なことを言い忘れたというように、電話の向こうの声が言ってきた。

「猫が店内にいますが、大丈夫でしょうか？」

看板猫というやつだろうか。

ちびねこ亭という名前なのだから、猫がいても不思議はない。猫嫌いでもアレルギーでもなかったので返事をした。

「大丈夫です」

「ありがとうございます」

電話の向こうで頭を下げている姿が思い浮かんだ。誠実な人柄が電話を通じて伝わってきた。琴子は、声の主に好感を持った。

「それでは、お待ちしております。ご予約のお電話、ありがとうございました」

最後まで丁寧だった。


ちびねこ亭までの道順は、熊谷が教えてくれた。東京駅から快速に乗れば一時間半で着く。日帰りで行ける距離だ。

「七美さんとちびに、よろしく言っておいてくれ」

ちびねこ亭に行くと伝えると、熊谷にそう言われた。七美というのが店主の名前で、ちびは猫の名前らしい。

「はい……」

返事をしたが、すぐに忘れてしまった。熊谷には悪いが、兄と会えるかもしれないということで頭がいっぱいだった。

琴子は電車に乗り、海の町にやって来た。ちびねこ亭は駅から少し離れた場所にあった。駅を降りて、バスに乗り継いで十五分くらい揺られた。それから小糸川と呼ばれる川の堤防を歩いた。そして白い貝殻の小道に辿(たど)り着き、福地櫂に出会った。

櫂は長袖のワイシャツを着て、黒いパンツを穿(は)いていた。少し長めの黒髪が、潮風に吹かれてサラサラと揺れている。

「それでは、店まで案内いたします」

「お願いします」

琴子は応え、二人で歩き出した。案内するまでもなく、三分としないうちに店が見えた。

壁の青いヨットハウス風の木造建築で、お洒落(しゃれ)な海の家のようにも見える。住居を兼ねているのか、ゆったりとした二階建てだ。

看板は出ておらず、入り口の脇に黒板が置いてあった。カフェなどの飲食店でよく見かける、A型看板と呼ばれるスタンドタイプのものだ。

その黒板に、白いチョークで文字が書かれていた。

ちびねこ亭
思い出ごはん、作ります。

それに付け加えるように、小さく注意書きがあった。

当店には猫がおります。

子猫の絵も添えられている。文字も絵も柔らかで、女性が描いたもののように思えた。ただ、メニューは見当たらず、営業時間さえ書いていない。朝食だけの店とも書いていなかった。商売気が感じられない。

不思議に思いながら黒板の文字と絵を見ていると、反対側から鳴き声が聞こえてきた。

「みゃあ」

猫の鳴き声だ。のぞき込むと、ちっちゃい猫がいた。茶ぶち柄の可愛らしい子猫だ。

海の町には猫がつきものだが、店の前に、こんなちっちゃい猫がいるのは意外だった。

野良猫だろうか。それにしては人を怖がらないし、綺麗な毛並みをしている。思わず見とれていると、櫂が子猫に話しかけた。

「外に出ては駄目だと言ったでしょう」

まるで人間に話しかけているような口調だった。猫相手にも丁寧語だ。この話し方は、商売用ではなく地みたいだ。

「家の中にいるんですよ。分かりましたか？」

大真面目な顔で子猫に言い聞かせるように言った後、恭しいとさえ言える物腰で琴子に向き直った。

「紹介が遅れましたが、我が家のちびです」

馬鹿丁寧な口調で、子猫を紹介したのだった。

「みゃあ」

ちっちゃい猫——ちびが挨拶するみたいに鳴いた。やんちゃな感じからすると、オスなのかもしれない。彼が、この店の看板猫であるらしい。

「駄目だと言っているのに、すぐに外に出てしまうんです」

言い訳するように、櫂が教えてくれた。ちびは脱走の名人であるようだ。

「さあ、中に入ってください」

そう命じると、子猫が返事をした。

「みゃん」

口先だけではなく、店に向かってとことこと歩き出した。しっぽをぴょこぴょこと振っている。琴子と櫂に、ついて来いと言っているみたいだった。

櫂はそんなちびを追い抜き、店の扉を開いた。

「ちびねこ亭へようこそ。どうぞ、お入りください」

それは、琴子への言葉だった。

八つしか席のない小さな店だった。カウンター席はなく、四人掛けの丸テーブルが二つ置かれているだけだ。

そのテーブルも椅子も木製で、丸太小屋のようなぬくもりのある雰囲気に包まれていた。

店の片隅には、古めかしい大きなのっぽの時計が置かれている。まだ現役らしく、チクタク、チクタクと時を刻んでいた。

そして、壁には大きな窓があって内房の海が見えた。青い海の上空をウミネコが飛んでいる。そのウミネコが、ミャーオ、ミャーオと鳴いた。

「みゃあ」

返事をするみたいに、ちびが窓の外に向かって鳴いた。ただ、それほどウミネコには興味がないらしく、古時計のほうに行ってしまった。

そんなちびを目で追いかけていると、櫂が席に案内してくれた。

「こちらの席でよろしいでしょうか？」

その席は窓際で、景色がよく見えた。

「は……はい」

「どうぞ」

　櫂が椅子を引いてくれた。

「ありがとうございます」

　お礼を言って、椅子に腰を下ろした。清潔で居心地のいい店だった。店員は親切だし、可愛い子猫までいる。

　そのちびはと言えば、古時計の隣に木製の安楽椅子が置いてあって、その上で丸くなっていて、早くも寝てしまったらしく目を閉じている。のどかな風景だった。

　——死者の声が聞こえる。

　——現れることもある。

　熊谷はそう言っていたが、そのイメージにそぐわない店だった。七美さん——料理を作っているはずの五十代の女性も見当たらない。聞いてみようかと思っていると、櫂が話を進めるように言ってきた。

「では、ご予約いただいた思い出ごはんを用意いたします。少々、お待ちくださいませ」

　およそ三時間前、まだ夜も明け切っていない早朝に、琴子は家を出て来た。始発に乗らなければ、予約した時刻に間に合わない。

早朝にもかかわらず、仏間に明かりがついていた。父と母が起きているのだ。琴子だけでなく、両親も眠れない夜を数えていた。

仏間は玄関のすぐ近くにあって、廊下とは障子戸で仕切られているだけだった。父と母の影も見えたが、行って来ますと声をかけることさえしなかった。父母の気持ちを思うと、声はかけられない。

両親は反対しながらも、兄の進む道を楽しみにしていた。テレビに出るのを心待ちにしていた。兄の夢は、二人の夢でもあったのだ。

それが消えてしまった。兄は死に、父と母は悲しみに押し潰されて幽霊みたいになってしまった。――ずっと仏間に閉じこもっている。

私が死ねばよかった。

結局、思考はそこに辿り着く。ちびねこ亭に着いた今でも、その考えに取り憑かれていた。

自分を助けて兄が死んだからだけではない。生き残ったのが自分ではなく兄だったなら、父も母もあそこまで落ち込みはしなかっただろうと思うからだ。たとえ落ち込んだとしても、兄なら両親を立ち直らせることができたはずだ。一方、琴子は声をかけることさえできない。

役立たずが生き残ってしまった。

夢のない自分が生き残ってしまった。

そんな思いに苛まれた。この先、どうやって生きて行けばいいのか分からなかった。途方に暮れ、涙ぐみそうになった。

そのとき、足元から猫の鳴き声がした。

「みゃあ」

安楽椅子で眠っていたはずのちびがいた。いつやって来たのか、足元からのぞき込むようにして、琴子の顔を見ている。

その様子がおかしくて——心配してくれているみたいで、思わず笑いそうになった。おかげで泣かずに済んだ。

「ありがとう」

ちびにお礼を言ったとき、櫂がキッチンから現れた。白いデニム地のエプロンをつけている。胸のあたりに子猫——たぶん、ちびの刺繍がある。可愛らしいエプロンだった。

テーブルのそばまで来て、琴子に言った。

「お待たせいたしました」

料理を運んできたのだ。漆塗りのお盆を持っていた。

ご飯、みそ汁、そして煮魚。作ったばかりなのだろう。湯気が立っていた。煮魚のにおいに惹かれるように、ちびが鳴いた。

「みゃん」

ねだっているようだが、そっちを見ることさえできない。琴子の目は、煮魚に吸い寄せられていた。まさかの料理がそこにあったのだ。

「アイナメの煮付け……」

思わず呟いた。

その料理は、兄の思い出ごはんだった。

アイナメは、アブラメとも呼ばれる長紡錘形(ちょうぼうすいけい)の根魚(ねうお)である。沿岸の岩礁に生息し、全長三十センチにもなる。

都内のスーパーやデパートではあまり見かけないが、美味な魚として有名だった。値段も安くはない。高級魚と呼ばれることもある。

一般家庭の食卓に上る魚ではなく、琴子も兄に教えられるまで知らなかった。

兄は熊谷と一緒に釣りに行き、ときどき、アイナメを釣ってきた。

「おれ、釣り人になろうかな」

ふざけ半分に自慢していたことをおぼえている。何をやらせても器用だった。母に任せず、釣った魚の調理まで自分でやった。

琴子は、料理に興味があった。兄が釣った魚をさばくところをよく見ていた。兄は琴子を邪魔にせず、魚のことを話して聞かせてくれた。

「本当は、『なめろう』にしたいんだけどな」

なめろうというのは千葉県の郷土料理で、鯵や鰯を包丁で細かくたたき、刻み葱や生姜、みょうが、味噌などを加えてさらに細かくたたいたものだ。

「そのまま食っても旨いが、炊き立ての飯に載せて食べるのが一番だな」

話を聞いているだけでも美味しそうだ。食べてみたかったが、生食は危険だという。

「アニサキスがいるかもしれない」

鯵や鯖、イカなどに寄生する回虫のことだ。アイナメにも寄生している可能性があり、生食すると激しい腹痛を起こすことがあるという。アニサキス症と呼ばれる寄生虫病だ。

「加熱すれば心配ない」

そう言ってなめろうを作り、それをホタテやアワビの貝殻に詰めて焼いてくれたことがあった。これも千葉県の郷土料理、『さんが焼き』だ。

味噌の焦げたにおいがたまらなく食欲をそそる料理だった。食の細い琴子が、ご飯をおかわりしたほどだ。

だが、それ以上に気に入っていた料理があった。アイナメの煮付けだ。兄にとっても自信のあるメニューだったらしく、作るたびに威張っていた。

「とびきりの煮付けを食わせてやる」

「煮付けなんて作れるの？」

「余裕だ」

兄は威張った。実のところ、手間はかかるが、それほど難しい料理ではなかった。アイナメの鱗や鰓、はらわたを取り除き、フライパンで煮るだけだ。ただし、兄は最初に酒と生姜だけで煮ていた。

「このほうが身が軟らかくなる。臭みも飛ぶ」

どこかで聞いてきたらしく、講釈を垂れるように言った。酒がアイナメの旨さを引き立てるらしい。

「酒が沸騰し始めたら、砂糖、醤油、みりんを加えて、じっくりと煮詰める。照りが出たら完成だ。店で食べるやつみたいだろ？」

本当にそうだった。素人料理とは思えないほどの出来映えだ。

「お兄ちゃん、すごい」

琴子は、兄の作ったアイナメの煮付けが大好きだった。アイナメを釣ってくるたびに、何度も何度も作ってもらった。

「どうして、この料理を知っているんですか？」

琴子は櫂に聞いた。思い出ごはんを予約したのは確かだが、具体的に何を作ってくれとは言わなかった。一般的な陰膳——葬式や通夜の席で食べるようなものが出てくると思っていた。

たまたまだろうか？

いや、さすがにあり得ない。アイナメの煮付けを陰膳に出すなんて話は聞いたことがなかった。しかも出された煮付けは、兄の作ったものにそっくりだった。

「驚くようなことではございません」

櫂が種明かしをするように言って、ノートを取り出した。ポケットサイズの厚いノートだが、見るからに使い込まれていた。

「こちらにメモしてあります」

「え？」

「二木結人様は、当店の常連でした。この近くの海でアイナメを釣っていらっしゃったようです」

そうだった。熊谷にそう教えられていたことを忘れていた。料理が似ている理由も分かった。兄は、この店の煮付けの味を真似たのだ。作り方を教えてもらったことがあったのかもしれない。

だが、熊谷が言っていたような五十歳くらいの女性はいない。黒板の字は女性のもののように思えるし、エプロンの刺繍も気になったが、誰かがいるような気配はなく、櫂とちびのふたりだけでやっているように感じた。

櫂はノートをエプロンのポケットに入れ、もう一セットの料理を並べ始めた。それは、兄の分だった。

「ごゆっくりお召し上がりください」

頭を下げ、キッチンに戻っていった。

アイナメの煮付けとご飯、みそ汁。葬儀や法事のときのような通り一遍の陰膳とは違い、思い出の料理だ。

兄は、まだ現れない。

声も聞こえない。

あまりに静かなために、古時計の音が大きく感じた。窓の外からは、波の音とウミネコの鳴き声が聞こえる。

アイナメの煮付けをもらえないと悟ったのか、ちびが琴子の正面の椅子の上で丸くなった。思い出ごはんが置いてある席だ。死者が現れる兆(きざ)しは微塵(みじん)もなかった。

琴子は肩を落とした。居心地のいい店だが、期待した場所ではなかった。熊谷に言われたようにはいかない。兄に会えそうもなかった。

がっかりしながら、それでも形ばかり手を合わせ箸を取った。

「いただきます」

食事を始めようとしたのだ。正直なところ、相変わらず空腹は感じなかったが、手を付けずに残すのも失礼だ。とりあえず煮魚だけでも食べようと、箸を付けた。

アイナメの煮付けは身離れがよく、箸で軽くつまんだだけで、綺麗に身が取れた。美しい白身に半透明の茶色のタレが絡んでいる。

食欲なんてなかったはずなのに、喉がゴクリと鳴った。醤油と砂糖の甘辛いにおいが、鼻腔をくすぐった。アイナメの煮付けを食べたいと思った。

そのまま、つまんだアイナメの煮付けを口に運んだ。最初に感じたのは、タレの美味しさだ。甘くてしょっぱくて、味に奥行きがあって、白身魚の味を引き立てている。そして噛むと、淡泊なくせに脂の乗ったアイナメの身が、琴子の舌の上でタレと混じり合い、ゆっくりと消えた。

あまりの味のよさに、思わず声が出た。

〝お兄ちゃんの作ったアイナメの煮付けより、ずっと美味しい……〟

呟いてから、首を傾げた。声がおかしかった。くぐもっている。風邪でも引いたのだろうかと思ったが、喉は痛くない。だいたい、風邪を引いたときだって、声がこんなふうになったことはなかった。

喉ではなく、耳がおかしくなったのだろうか？　何かの病気にかかってしまったのだろうか？

不安に思っていると、男の声が話しかけてきた。

〝当たり前のことを言うなよ。プロの作った料理だぞ〟

さっき呟いた琴子の言葉への返事のようだが、櫂のものではなかった。その声は、店の外のほうから聞こえてきた。そして、それは聞きおぼえのある声だった。夏休みのあの日の前まで――事故が起こる瞬間まで、毎日のように聞いていた声だ。

〝まさか……〟

琴子が呟くと同時に、カランコロンとドアベルが鳴った。ちびねこ亭の扉が開き、誰かが店に入って来る気配があった。

導かれるように、そっちを見た。背の高い白い影が、この店に入って来るところだった。

〝みゃあ〟

ちびが起き上がり、入って来た客に席を譲るように椅子から飛び降りて、安楽椅子に戻っていった。

安楽椅子のそばの古時計が目に入った。針が動いていなかった。時計が止まっている。

何かがおかしい。

時間そのものが止まったように、波の音やウミネコの鳴き声が消えている。風の音さえ聞こえない。

〝何？　何が起こっているの……？〟

問いかける声に応えるように、店いっぱいに朝靄（あさもや）がかかった。そして、背の高い白い影が歩み寄ってきた。

それは、兄だった。兄だと分かる声で話しかけてきた。

〝琴子、久しぶりだな〟

死んだはずの兄が現れたのだった。

奇跡を求めて、兄に会いたくてやって来たのだが、いざ、本当に現れると言葉が出ない。助けを求めるように櫂をさがしたが、気配がなかった。琴子とちびだけが、別の世界に迷い込んだみたいだった。

〝座っていいか？〟

〝……うん〟

頷くと、向かいの席に座った。そこには、兄の分の思い出ごはんが置いてある。まだ温かいらしく、湯気が立っている。

〝旨そうなアイナメの煮付けだな〟

うれしそうに言った。くぐもってはいるが、その話し方は生きていたころと変わりがない。間違いなく、本物の兄だ。

琴子は我に返った。兄が現れたのなら、こうしてはいられない。

〝お父さんとお母さんを呼んで来る〟

両親と会わせようと思ったのだ。誰よりも兄に会いたがっている。きっと、よろこぶだろう。

電話をしたほうが早いだろうが、この状況を上手く説明する自信がなかった。いったん家に帰って、両親を引っ張って来よう。そう考えて椅子から立ち上がろうとしたとき、兄が琴子を止めた。

〝やめておけ〟

琴子の考えていることが分かるようだが、琴子は兄の考えていることが分からない。だから聞き返した。

〝どうして？〟

〝連れてきたころには、おれは消えている〟

〝消える……？　いなくなっちゃうってこと？〟

〝そうだ〟

兄は頷き、琴子の知らないことを教えてくれた。

〝こっちの世界には、そんなに長くはいられないんだ。おれがこっちにいられるのは、この食事を食べ終えるまでだ〟

食べなければいい――そう言いかけたとき、不意に、葬式のときに聞いた住職の話を思い出した。

――死者が食べるのは、においだけです。仏前で線香を焚くのは、その香りが死者の食事になるからなんです。

やっぱり琴子の考えていることが分かるらしく、兄は頷いた。

〝冷めると、においを感じなくなるんだ。湯気が食事だと思ってくれればいい〟

湯気が立っている間だけ、現世にいられるということらしい。せっかく会えたのに、思い出ごはんが冷めるまでしか一緒にいられない。

〝それと、もう一つ〟

兄はさらに言う。

〝この世に来られるのは、今日だけだ。この時間が終わったら、たぶん、もう二度と現世には来られない。おまえと話すこともできない〟

たぶんと言いながら、兄の声は確信に満ちていた。これが最後だと分かっているのだ。

〝そっ、そんな——〟

悲鳴を上げるように言い返そうとしたが、言葉が続かなかった。誰に文句を言えばいいのか分からない。

また途方に暮れた。兄が死んでから途方に暮れてばかりいる。そんな琴子をなだめるように、兄は続けた。

〝一度だけでも会えるのが奇跡だからな〟

琴子だって奇跡だと思う。でも、頷けない。やっぱり納得できない。これでよかったとは思えない。琴子が会ってしまったせいで、両親を兄と会わせることはできなくなってしまったのだ。

仏壇前に座る両親の背中が思い浮かんだ。この三ヶ月で小さくなり、二人とも白髪が増えた。兄と会いたいはずだ。

それなのに、会わせることができない。

一度しかないチャンスを使ってしまった。自分だけで会いに来たことを後悔した。父母に相談せずに来たことを悔やんだ。

〝後悔しても時間は戻らない〟

兄がやさしい声で言った。残酷なことだが、その通りだ。後悔している間も、時は流れ続けている。

アイナメの煮付けは冷め始め、湯気が立たなくなってきた。ご飯もみそ汁もそうだ。思い出ごはんが冷めかけていた。

時間がなかった。

この様子では、十分と経たずに完全に冷めてしまうだろう。そして、兄はあの世に帰ってしまう。

琴子は焦った。追い詰められていた。言葉を発しようとしたが、喉が強張って声が出ない。言葉が思い浮かばない。頭の中が真っ白になっていた。

時間がまた少し流れたが、琴子は何も言えないままだった。

もう駄目だ。

何も伝えられないまま、兄との時間が終わってしまう。奇跡のような時間を無駄に使ってしまった——そう思ったときのことだ。

「こちらもどうぞ」

声をかけられた。その声は、くぐもっていなかった。

顔を向けると、いつの間にかテーブルの脇に櫂が立っていた。姿が見えなくなっていた櫂が現れたのだった。

「もう一品、ございます」

恭しく言った。櫂には、兄の姿が見えていないらしく、そっちに視線を向けることなく、料理をテーブルに置いた。

二人分、ある。

熱々のご飯と小鉢だ。

小鉢には、半透明のサイコロ状のゼリーがいくつか載っていた。ブラウンカラーのガーネットやトルマリンのような美しい色をしていた。

〝ご馳走(ちそう)だな〟

兄が言ったが、櫂は反応しない。彼には、やっぱり兄の声は聞こえず姿も見えていないようだ。

〝ご馳走……〟

その言葉を鸚鵡返しに呟くと、櫂が頷いた。

「当店、自慢の料理でございます」

琴子の声は聞こえているのだ。それだけのことが、なぜか心強く思えた。味方が現れたように思えたのだ。

〝これは……？〟

相変わらずのくぐもった声で問うと、宝石のように美しい料理の正体を教えてくれた。

「アイナメの煮こごりをお持ちしました」

魚などの煮汁を冷やして固めたものを、「煮こごり」と呼ぶ。カレイやヒラメなどゼラチン質の多い魚で作ることができる。

ほぐした煮魚の身を煮汁とともに寒天や食用ゼラチンで固めることもあるが、目の前に置かれた料理はアイナメの煮汁だけで作ったものだった。

一礼して、櫂が消えた。キッチンに戻っていっただけだろうが、琴子には朝靄の向こう側に行ってしまったように感じられた。

再び、兄と二人きりになった。ちびは、安楽椅子の上で眠っている。ときどきムニャムニャと言うのは、夢を見ているのだろう。猫も人間と同じように夢を見ると言われている。

櫂がいなくなるのを待っていたかのように、兄が言ってきた。

〝ここの煮こごり、旨いぞ。飯に載せて食べてみろ〟

テーブルには、宝石のように美しい煮こごりが置かれ、新しく用意されたご飯は炊き立てで湯気が立っていた。食事をしている場合ではないとも思ったが、櫂の作ってくれた料理に惹かれていた。

〝早く食べないと、飯が冷めるぞ〟

急かすように言った。妹に食べさせたいと思うほど美味しいのだろう。

〝うん〟

琴子は頷き、箸で半透明のサイコロを一つつまんだ。

崩れないくらい固まっているが、柔らかな弾力があった。それをそっと、まだ湯気の立っているご飯に載せた。

煮こごりは熱に弱い。炊き立てのご飯に染み込みながら、キラキラと輝く半透明のサイコロがゆっくりと溶けていき、ゼラチンに閉じ込められていた煮魚の香りが解き放たれた。

醤油と砂糖、魚の香りが混じり合い、ご飯の湯気と一緒に立ち昇っていくようだ。

煮こごりの染みたご飯を箸ですくい上げて、自分の口に入れた。その瞬間、旨みが弾けた。臭みのない魚の味だ。

米の淡泊な旨味に、凝縮されたアイナメの味と脂が絡んでいる。噛むと、甘辛い煮汁と熱々のご飯の味が、口の中いっぱいに広がった。完全に溶け切っていなかった煮こごりが、舌の上でとろりと溶けた。

〝下手な店だと、魚の臭みで食えたものじゃないことがあるが、ここのは臭みなんてないだろ？〟

〝うん〟

〝最初に、ちゃんと酒で煮てるからな〟

自分の手柄のように言うのだった。その様子がおかしくて、ふと肩の力が抜けた。気が楽になった。今なら言いたかった言葉を言える。

琴子は箸と茶碗を置き、兄に頭を下げた。

〝ごめんなさい〟

〝ん？　何を謝ってるんだ？〟

〝事故のこと〟

〝ああ……。あれは、琴子のせいじゃないだろ〟

いや、琴子のせいだ。自分を庇ったせいで、兄の人生は終わってしまったのだ。ぼんやりしていなかったら、事故は防げたかもしれない。兄は死ななくて済んだかもしれない。

悪いのは突っ込んできた自動車だ――そう自分に言い聞かせても、その思いは消えなかった。琴子は、心に傷を負っていた。

〝気にするな〟

兄は、琴子を慰めてくれた。いつだって兄はやさしくて、琴子を助けてくれた。いくつもの思い出があった。

小学生のとき、海で溺れかかったことがあるが、そのときも兄に助けてもらった。いじめっ子から守ってもらったこともある。勉強も教えてくれた。鉄棒ができないと言えば、近所の公園でコーチしてくれた。泳ぎを教えてくれたのも兄だ。

琴子のそばには、いつも兄がいた。困ったときには、いつも助けてくれた。琴子が泣かないように力を貸してくれた。

でも、もういない。

兄は死んでしまった。琴子のせいで死んでしまった。

〝……無理だよ〟

琴子は、くぐもった声で呟いた。小声なのに、やけに大きく響いた。心の底からの言葉だったからだろう。琴子は続ける。

〝気にするなって言ったって、そんなの、無理に決まっている〟

〝そうかもしれないな〟

兄は認めた。琴子は聞き返す。

〝私、どうすればいい？〟

事故が起こった日から、苦しくて仕方がなかった。ここまで来たのは、兄に助けてもらいたかったからだ。兄のいなくなった世界で、どう生きればいいのか教えて欲しかった。

正面の席を見ると、煮こごりと一緒に運ばれてきたご飯の湯気が消えかかっていた。さっきは櫂が新しい料理を運んできてくれたが、もう追加はないだろう。兄が現世にいられる時間は、あと少ししか残っていない。

兄は、しばらく黙っていた。何も言わずに消えかかった湯気を見ている。死んでしまった者に、生きる方法を聞くのは残酷だったかもしれない。

このまま黙っているのだろうかと思ったとき、兄が言葉を発した。

〝一つだけ頼みがある〟

穏やかだが、真剣な声だった。琴子の問いには答えないつもりらしい。

それも仕方のないことだ。自分のことばかり考えている琴子のほうが悪い。思い出ごはんが冷めていくのに歩みを合わせるように、兄の姿が薄くなり始めていた。琴子は別れを覚悟した。

〝頼みって何？〟

催促するように聞くと、兄が口を再び開いたが、聞こえてきたのは予想もしていなかった言葉だった。

〝舞台に立ってくれ〟

〝え？〟

意味が分からず聞き返した。すると、兄が言い直した。

〝これからも演劇を続けて欲しい。役者として舞台に立って欲しい。それが、おれの頼みであり、さっきの質問の答えだ〟

〝質問の答え？〟

〝そうだ。どうすればいいって聞いただろ？　おまえは役者として生きろ〟

琴子は戸惑った。なぜそんなことを言うのか分からなかった。もう一度、問い返そうと思ったが、その時間はなかった。

〝さて帰るとするか〟

兄が立ち上がった。この世から去ろうとしている。行ってしまったら、二度と会えないだろう。

お兄ちゃん、待って。

そう言おうとしたが、声が出なかった。口が動かない。琴子の身体全部が固まっていた。時間が止まってしまったみたいだ。

そんな琴子を置き去りにして、兄が出口に向かった。安楽椅子で眠っていたちびが目を覚まし、そこから飛び降りると、とことこと歩き出した。そして、店の扉の前でちょこんと座り、挨拶をするみたいに短く鳴いた。

〝みゃ〟

兄は、猫の言葉が分かるようだ。

〝ああ。じゃあな〟

ちびに挨拶を返し、扉を開けた。カランコロンとドアベルが鳴った。その音は、くぐもっていなかった。

外は真っ白だった。朝靄に覆われて、海も空も砂浜も見えない。そのくせ光が溢れている。まるで雲の中のようだった。

兄が出て行こうとする。琴子の前から立ち去ろうとしていた。力を振り絞って、口を動かした。

〝……お兄ちゃん〟

ようやく、呼びかけることができた。声をかけることができた。

兄は振り返らなかったが、返事はしてくれた。

〝会いに来てくれて、ありがとう。琴子のこと、見守っているからな。ずっと一緒だ。おれは、おまえの中にいる〟

それが最後の言葉だった。兄は扉の外に出て行った。たぶん、あの世に帰ってしまった。

たぶん数秒後、ふと気がつくと、元の世界に戻っていた。

朝靄は晴れ、古時計は時を刻んでいる。夢を見ていたようだが、ちびが扉のそばに座っていて、扉は開いていた。兄が閉めずに行ってしまったのだ。

そして琴子の耳には、兄の言葉が残っていた。

〝舞台に立ってくれ〟

〝演劇を続けて欲しい〟

〝役者として舞台に立って欲しい〟

〝役者として生きろ〟

はっきりと、そう言った。自分の代わりに成功して欲しいということだろうか？

他に考えようがないのだが、違うような気がする。兄は、自分の夢を他人に託すような人間ではなかった。――ましてや妹に押しつけやしないだろう。

考え込んでいると、ちびが足元にやって来て、琴子の顔をのぞき込みながら鳴いた。

「みゃあ」

鳴き声が、元に戻っている。もう、くぐもっていなかった。琴子の顔をのぞき込むように見て、はっきりとした声でもう一度鳴いた。

「みゃん」

琴子に何かを教えようとしているように感じたが、兄と違って猫の言葉は分からない。それでもヒントだけでも摑もうと、ちびの顔を見返した。

ねえ、教えて。

お兄ちゃんは、どうしてあんなことを言ったの？

ちびは答えてくれなかったが、足音が近づいて来た。

「食後の緑茶をお持ちしました」

櫂がやって来たのだった。相変わらず櫂は丁寧で、物静かだった。テーブルにお茶を置き、キッチンに下がって行こうとする。

「あの……」

琴子は呼び止めた。

「はい？」

「お伺いしたいことがあるのですが」

「何なりとお聞きください」

櫂は、そう言ってくれた。この件に関して質問できる相手は、この世に櫂しかいない。謎解きをして欲しかった。兄が、どうしてあんなことを言ったのかを教えて欲しかった。

「兄が現れました」

たった今起こったことを話してから、櫂に聞いた。

「どうして、兄はあんなことを言ったのでしょうか？」

沈黙が訪れた。

その沈黙は長かった。

ただ、琴子の目には、考え込んでいるのではなく答えを言っていいものかどうか検討しているように見えた。

櫂には、たぶん兄の気持ちが分かっている。そう思った。

「お願いします。教えてください」

重ねて頼むと、やっと返事をしてくれた。

「これからお話しすることは、あくまでも私の想像です。それでも、よろしいでしょうか？」

「は……はい」

琴子が頷くのを見て、櫂がようやく謎解きを始めた。

「お兄さんは、もう一度、舞台に立ちたいのではないでしょうか」

「え……？　私が舞台に立っても、兄は関係ないんじゃ――」

そう言いかけたとき、不意に兄の言葉が脳裏をよぎった。

〝ずっと一緒だ。おれは、おまえの中にいる〟

その言葉が本当なら、琴子が舞台に上がれば、兄も一緒に舞台に立つことになる。

琴子は、兄の気持ちを考えた。兄は、もう一度、舞台からの景色を見たいと思っているのかもしれない。

いや、きっとそうだ。大学を辞めてまで始めた演劇に未練があるのは当然だ。もちろん、ただの通行人の役では、兄は満足しないだろう。兄は劇団の中心だった。舞台の真ん中に立っていた。

「私、劇団に入り直します」

琴子は言った。兄のためばかりではない。舞台の真ん中に立ちたいと思ったのだ。ずっと演劇をやりたいと思っていたのかもしれない。

それは、兄を忘れないためでもあった。生きれば生きるほど、兄とすごした日々は遠ざかっていく。しかし、琴子が舞台に立てば、ずっと一緒だ。役者を続けているかぎり、自分は兄の背中を追いかけるだろう。

自分には無理だ。何もできないと思っていた気持ちが、いつの間にか消えていた。今すぐにでも稽古を始めたくなった。

「もう一度、演劇をやってみます」

そう伝えると、櫂が琴子にエールを送ってくれた。

「がんばってください。ちびと一緒に応援しています」

その言葉に賛成するみたいに、ちびがしっぽをぴょこんと振った。

午前十時をすぎ、閉店の時間になった。結局、最後まで客は琴子一人だった。思い出ごはんの予約があるときは、他の客を断っているのかもしれない。

思い出ごはんの値段は安くはないが、法外に高いというほどでもない。貸し切りだと思えば納得できる値段だった。

琴子は会計を済ませ、櫂とちびに頭を下げた。

「ごちそうさまでした」

ドアベルの付いている扉を開けて、ちびねこ亭の外に出た。爽やかな青空と海が広がっていた。ウミネコが退屈そうに砂浜を歩いている。そして、心地のいい風が吹いていた。

「帽子、気をつけてください」

櫂が、そう言った。店の外まで見送りにきてくれたのだ。閉店時間だから、看板の黒板を片付けるつもりなのかもしれない。

このとき、ちびは店から出て来なかった。「外に出ては駄目ですよ」と櫂に叱られるからだろう。

「はい。飛ばされないようにします」

琴子は答えて、帽子を深くかぶった。櫂に拾ってもらった帽子だ。

すぐ目の前には、白い貝殻の小道がある。ほんの一時間くらい前、ここで櫂と出会った。

人生を変える出会いだった。

海の町に来てよかった。

ちびねこ亭を訪れてよかった。

満足していたが、東京に帰る前に、一つだけ聞いておきたいことがあった。その質問をするためには少し勇気が必要だったが、思い切って櫂に聞いた。

「また来てもいいですか？　今度は思い出ごはんじゃなくて、普通のご飯を食べに」

おずおずとした口調になってしまった。こんな遠くまで来るのですか、と笑われそうな気もしたが、櫂はやさしかった。

「もちろんです。いつでも、いらっしゃってください。美味しい料理を用意して、お待ちしています」

また、櫂とちびに会える。

琴子は、その日を楽しみにした。

ちびねこ亭特製レシピ

# なめろう丼

## 材料（2人前）

・鯵や鰯など（刺身で食べられる魚なら何でも可）を食べたいだけ。目安は鯵なら3尾。
・しょうが、葱、大葉、ミョウガ、ゴマなど　適量
・味噌、醤油　適量
・丼飯　2人分

## 作り方

1　魚を三枚におろし、身を叩くように粗く刻む。
2　葱、大葉など上記の薬味を包丁で叩く。
3　1と2を混ぜて、練るように叩いて、味噌と醤油を加える（なめろうの完成）。
4　出来上がったなめろうを炊き立てのごはんにのせる。

## ポイント

家庭料理なので、好みの魚や薬味を使ってください。醤油は少なめにして、最後にかけたほうが味の調整ができます。温泉玉子をのせても美味しく食べられます。

# 黒猫と初恋サンドイッチ

たまご

千葉県の採卵養鶏は、規模拡大が進み平成三十年は飼養羽数九四五〇羽（全国第二位）と全国でも有数（千葉県ホームページより）。

野菜、大豆、とうもろこしに加え、魚介類や海藻類を餌に与えているため、甘みとコク、さらにはまろやかさがある。料理に留まらず、お菓子やアイスクリームを作るのにも、ぴったりの味わいと言われている。

君津市にある『光永ファーム』では、濃いオレンジ色の黄身の絶品たまごを購入することができる。

春休みが終わり、橋本泰示（はしもとたいじ）は小学校五年生になった。クラスメートの中にはゲームばっかりやっている者もいるが、泰示は忙しかった。

学校が終わると、塾に行かなければならない。宿題はたくさんあるし、自分で決めた勉強のノルマもある。それに加えて、私立中学校を受験するつもりだったので、模擬テストも受けなければならない。

まあ勉強は嫌いじゃないから、言うほどストレスにはなっていなかった。疲れはするが、学校も塾も休まずに行っている。

そんな泰示が通う塾に、新しい生徒が入ってきた。中里文香（なかざとふみか）という名前の女子だった。引っ越してきたばかりだと紹介された。どこの小学校かは教えてくれなかったが、塾なんてこんなものだ。個人情報だし、塾に友達を作りに来ているわけではない。途中から入って来る生徒もいれば、いつの間にか塾に来なくなっている生徒もいた。一々、気にかけてはいられない。

この世にはたくさんの人間がいて、そのほとんどは自分とは関係がない。文香も、その一人だと思っていた。

だが、気にかけずにはいられないことが起こった。文香が最初の塾内テストで二番を取ったのだ。一番の泰示と、たった三点差だった。国語と社会は負けていた。一番を脅かされたのは、塾でも学校でも初めてのことだった。

「中里ってすげえな」

そんなふうに、塾で評判になった。いきなりの好成績はインパクトがあった。男子も女子も、文香に注目した。

もちろん泰示も驚いた。文香を意識した。顔が好きなアイドルに似ていると思ったが、話しかけたりはしない。まだ小学生だし、女子に気安く話しかけることのできるタイプではなかった。一言もしゃべらないまま一ヶ月が経った。

月に何度かは、日曜日にも塾がある。塾内テストがあって、朝から夕方近くまで勉強する日だった。

弁当を持って行くことになっていたが、泰示の親は忙しく作ってもらうことはなかった。自分で作るのも面倒くさいから、お小遣いをもらってコンビニでパンやおにぎりを買って済ませていた。そんな子どもは塾にたくさんいた。手作りの弁当を持って来る生徒のほうが少ないくらいだ。

だからだろう。ある日曜日の塾の昼休みに、コンビニに昼食を買いに行くと、好みのパンやおにぎりが売り切れていた。

弁当ならあったが、教室ではなく公園のベンチで食べるつもりだったので、面倒なものは買う気になれなかった。

結局、クッキーとコーヒー牛乳を買った。レジ袋はいらないから、買った物にテープを貼ってもらった。おやつみたいだけど、両方とも好物だった。

勉強していると甘い物が欲しくなるし、さっさと食べられるのもいい。足早に、いつもの公園に向かった。

その公園は塾の裏手にあって、あまり人がいない。見かけると言えば、ここを縄張りにしている黒猫と、ときどき近くにある劇団の人が発声練習をしているくらいのものだ。今まで何度かここで昼食をとっていたが、誰かがいたことはなかった。自分専用の食事場所のように思っていた。

でも、このときにかぎって女子がいた。黒猫も劇団の人もいなかったが、その代わり中里文香がいた。

塾内テストで泰示を脅かした文香が、公園のベンチに座っていた。食事をするつもりらしく、バスケットとスープジャーを膝に載せている。

「マジかよ……」

声に出さず呟いた。困ったことになった。その公園にベンチは二つしかなく、もう一つは壊れていて座ることはできない。誰かがいるとは思っていなかったので、代替案は考えていなかった。

泰示のとる道は、それほどたくさんはない。思い浮かぶ方法は、三つだけだ。ここで立ったまま食べるか。他の場所をさがすか。教室に戻って食べるか。

迷っていると、文香が話しかけてきた。

「ごはん、食べないの？」

「……食べるけど」

動揺しながら答えた。話しかけてくると思っていなかったのだ。

学校や塾の女子とすれ違ったりすることはあるが、挨拶をするでもなく、お互いに見て見ないふりをするのが普通だった。こっちから話すことも、向こうから話しかけられることもない。

だけど、文香は泰示に話しかけてきた。泰示が黙っていると、文香がまた言った。

「座って食べたら」

自分の隣を指さした。同じベンチに座れと言っているのだ。泰示の動揺が大きくなった。

立ったままでいいと答えようと思ったが、それじゃあ文香を意識しているみたいだ。それはそれで悔しい。

「そうだね」

何でもないことのように装って、泰示は文香の隣に座った。そして、すぐに後悔した。ベンチは小さく、文香との距離が近かったのだ。手を伸ばせば届く位置にいる。

いくら何でも近すぎる。泰示は緊張し、ドキドキと鳴る自分の心臓の音が、文香に聞こえてしまうのではないかと心配した。

女子のほうが男子よりも大人だというが、本当のことらしく文香は平然としていた。バスケットを開けて、ごはんを食べようとしている。

見るともなく見ると、バスケットに入っているのはサンドイッチだった。それも玉子サンドだ。

でも、泰示の知っている玉子サンドとはずいぶん違う。例えば、さっきのコンビニには売っていない、ちょっと変わったサンドイッチだった。

じっと見すぎたのかもしれない。文香が、バスケットごとサンドイッチを差し出してきた。

「一個、あげる。よかったら食べて。けっこう上手にできたと思うから」

その台詞に驚いた。一個、あげると言われたことにもびっくりしたが、その後の台詞には耳を疑った。

「自分で作ったの？」

思わず聞き返してしまった。子どもが作ったと思えないくらい、サンドイッチは綺麗に作ってあった。

「うん。ママが作った玉子を挟んだだけだけど」

文香が答えた。いたずらっぽい顔をしていた。冗談を言ったと分かった。

泰示は吹き出し、笑いながら言葉を返した。

「それ、いんちきだよ。ぜんぜん自分で作ってないから」

「そうかも」

文香が真面目な顔で言って、小さく笑った。その笑顔を見て、泰示はさらに突っ込んだ。

「かもじゃないから」

こんなふうに女子と話すのは初めてのことだったが、笑い合ったおかげで肩の力が抜けた。相変わらず心臓はドキドキしていたけれど、さっきとは違う気がした。

「もらっていいの？」

「うん」

「ありがとう」

　素直に礼を言い、サンドイッチに手を伸ばし、弾力のあるパンを取った。そのまま口に近づけると、パンと玉子とバターの香りがした。

　そのサンドイッチを平らげ、文香に感想を伝えた。

「すげえ旨い」

「本当？　お母さんに言っておくね。きっと、よろこぶから。橋本君、ありがとう」

　どうして文香の母親がよろこぶのか。なぜ、ありがとうと言われたのか。

　そのときの泰示は、言葉の意味さえ考えなかった。


　塾の休み時間は短い。サンドイッチを食べ終えると、午後の授業の始まる十分前になっていた。

　文香のスープジャーには、かぼちゃのポタージュが入っていて美味しそうな湯気が立っていたが、蓋を閉めてバスケットにしまった。

「食べている暇ないから」

　言い訳するみたいに言って、塾に戻る準備を始めた。確かに、もう行かなければ遅刻してしまう。

同じ塾に通っているのだが、一緒に戻ろうという度胸はなかった。文香も同じだったらしい。

「先に行くから」

泰示が言うと、小さく頷いた。

「うん」

「じゃあ……」

ベンチから立ち上がりかけて、ふとコンビニで買った昼食が手つかずで残っていることに気づいた。

泰示は少し迷ってから、クッキーの袋を開けた。文香に差し出した。

「一個、あげる。サンドイッチ、もらったから」

お礼のつもりだった。コンビニで買ったクッキーを最後に一個ずつ食べてから、塾の教室に戻ろうと思ったのだ。

だが、思い通りにはいかなかった。クッキーを見たとたん、文香が困った顔をした。

「ありがとう。でも……」

何か言いかけたが、聞いている余裕はなかった。断られたと思った。文香が迷惑そうな顔をしていると思った。自分の頬が熱くなるのが分かった。

告白したわけでもないのに、コンビニのクッキーをあげようとして断られただけなのに、振られたような気持ちになった。

同じベンチに座って冗談を言って笑い、サンドイッチをもらった。すっかり仲よくなったつもりでいた。友達になったと思っていた。

しかし、それは勘違いだった。クッキーをあげると言っただけで、困った顔をされた。仲良くなったと思った自分が恥ずかしかった。泰示はそれ以上何も言わず、クッキーの袋を無理やりポケットに突っ込み、公園から走り去った。

「橋本君――」

文香の声が聞こえたが、立ち止まらなかった。

「橋本って、中里文香と付き合ってんの？」

教室に戻って席に座ったとたん、田村(たむら)という男子に聞かれた。わざわざ泰示の席までやって来て質問してきた。

田村は成績も悪く、塾に遊びに来ているようなやつだ。不良とまでは言わないが、真面目ではない。授業中に、スマホでゲームをやったり、漫画を読んだりしている。

馬鹿な男子だと思う。勉強が嫌いなら塾に来なければいいのに、お金と時間がもったいない。

いつもなら相手にしないのだが、この日は聞き返してしまった。文香の名前を出されたからかもしれない。

「なんで？」

ぶっきらぼうに聞き返すと、田村がニヤニヤしながら答えた。

「さっき、二人でベンチに座ってたじゃん」

——見られていた。

胸がドキンと鳴った。田村にからかわれると思った。そして、文香にクッキーを断られた記憶がよみがえった。困った顔をされたことを思い出した。

クッキーの一枚くらい、もらってくれればよかったのに。

そう思うと腹が立ち、文香に文句を言いたい気持ちになった。だから、泰示は迷惑そうな顔を作って、田村の質問に答えた。

「中里文香と付き合ってなんかないよ。たまたま一緒のベンチにいただけ」

この返事は問題なかった。言い方は素っ気ないが、嘘はついていない。でも、この後がいけなかった。

「へえ。じゃ、中里文香のこと、好きとかじゃないんだ？」

そんなふうに言われて、からかうように言われて、泰示は余計なことを言ってしまった。それも大声で言ってしまった。

「好きなわけないじゃん。ぶっちゃけ、嫌いだよ。あいつ、ブスだし。しゃべるのも嫌」

その瞬間、教室が静まり返った。何人かの生徒が教室の入り口を見た。教室の入り口に、文香が立っていた。

「あーあ。やっちゃった。おれ、知らない」

田村が言った。

文香は、泰示の言葉を聞いていた。

あんなこと、言わなければよかった。

嫌いだなんて、ブスだなんて、しゃべるのも嫌なんて、言わなければよかった。せめて、その場で謝ればよかった。泰示は何度もそう思った。謝りたくても謝れない状況になってしまったのだ。

その日を境に、文香は塾に来なくなった。何日か休んだ後、塾をやめてしまった。泰示の言葉が原因でやめたとは思えないが、無関係とも思えない。

どうしてやめたのかを聞いてみたかったが、住所も電話番号もメアドもラインも知らない。ネットで検索してみても同姓同名がひっかかるだけだった。文香とは同じ小学校ですらないので共通の知り合いもおらず、連絡を取る方法はなかった。

ぽっかりと胸に穴が空いた気持ちになったが、誰に相談することもできず、ただ、月日だけが流れた。

やがて夏休みになった。志望校が具体的に決まり、私立中学校受験に向けて、塾の授業や宿題が一気に増えた。塾の授業についていけずに、やめる生徒が何人もいた。泰示の知り合いだと、田村も塾に来なくなっていた。

勉強は苦にならない。好きだった。学校でも塾でも一番の成績を取り続けている。ガリ勉だと馬鹿にされることもあったが、気にしなかった。努力を笑う人間なんて無視すればいい。相手をするだけ時間の無駄だ。

志望校に合格すること。

それに加えて、いや、それ以上の目標があった。他の塾と共通の模擬テストの成績優秀者に名前を載せることだ。

どこに行ってしまったか分からないが、成績優秀者のリストを、文香はきっと見ていると思ったのだ。泰示の知らない塾で、模擬テストを受けているはずだ。成績のよかった文香のことだから、中学校受験をすると信じていた。

だから、たくさんの模擬テストに申し込んだ。電車に乗って、遠くの会場の模擬テストにも足を運んだ。どこかで文香と会えるのではないか、と期待していたのだ。

けれど、会えなかった。

文香はいなかった。

どこの会場にもいなかったし、成績優秀者にも名前がなかった。泰示の名前がいくら載っても、見てくれているのかも分からない。どんなに頑張っても、どこに模擬テストを受けに行っても無駄だった。

まるで最初からいなかったみたいに、文香は消えてしまった。煙みたいに、泰示の前から消えてしまった。

もう二度と会えないのだろうか。

誰がいなくなっても、世の中は動き続ける。時間は止まることがない。

夏期講習が終わり、季節は秋になった。勉強しているうちに、いつの間にかカレンダーは十一月になろうとしていた。

毎日同じ繰り返しのように見えるが、少しずつ、いろいろなことが変わり始めていた。

例えば、六年生になると本格的に受験勉強が始まる。塾生の数も増えて、受験に向けてのクラス分けがあった。塾の進路相談も始まる。親を交えての場合もあれば、子どもだけで塾の先生と話すこともある。たぶん、塾の実績になるからだろう。成績のいい生徒は、何度も呼ばれた。

その日、泰示は塾の先生に呼ばれた。来年から、難関私立中学校を目指す一番上のクラスに入ることになっていた。その確認をしたいようだ。

志望校はとっくに決めていたし、模擬テストの成績は問題がなかった。泰示のほうからは、相談することもない。

「この調子なら大丈夫だ。でも、気を抜かず勉強するんだぞ」

塾の先生は、前に面談をしたときと同じ台詞を言った。入塾したときからいる四十代の男の先生だ。

「はい。気を抜かずにがんばります」

話を終わらせるつもりで応えた。先生のことは嫌いではないが、長く話したい相手でもない。早く一人になりたかった。

だけど、面談は終わらなかった。

「橋本、おまえ、疲れてないか？　身体の調子とか悪くしてないか？」

本題に入る口調で、先生が聞いてきた。どうやら、泰示の体調を心配してくれているようだ。

「大丈夫です」

嘘ではない。身体は元気だった。風邪も引いていない。ただ食欲がなくて痩せてしまっていた。

両親は泰示を心配して病院に連れて行ったが、やっぱり異常はなかった。辛いのは身体ではなく、心だった。文香がいなくなってから、胸の奥がいつも苦しくて痛かった。一人でいると涙が流れることがあった。

塾の先生にそのことを言うつもりはなかったが、向こうから文香のことに触れてきた。

「まあ、塾にライバルがいないっていうのも、辛いかもしれんな」

自分の言葉に納得するように頷き、ついでのように付け加えた。

「中里がいれば、いいライバルになったのにな」

びっくりした。まさか、ここで文香の名前が出てくるとは思っていなかった。驚いている泰示の顔を見ず、先生は独り言を言うように続けた。

「子どもが死ぬのはやり切れんなあ……」

「え？」

意味が分からなかった。

少し考えて、とりあえず問い返してみた。

「……誰が死んだんですか？」

先生が、関係のない話を始めたのだと思った。もしくは聞き間違いをしたか。

でも、そうじゃなかった。話はつながっていた。先生は、文香のことを話していた。

「なんだ、知らなかったのか」

余計なことを言ったという顔をしたが、泰示が問うように見ていると、肩を竦めて口を割った。

「中里だ。亡くなったんだよ」

「え？」

「おぼえてないか？　中里文香。ほら、いつかの塾内テストで二位だった生徒。死んじゃったんだよ」

「いつですか？」

「塾に来なくなってすぐのことだ」

「ど……どうして……」

「病気だ。ずっと病気だったんだよ」

泰示の顔を見て、ようやく何か気づいたように、先生は文香のことを話してくれた。そこには、泰示の知らない文香がいた。

身体が弱く、小学校に行けない子どもがいる。

遊びにも行けず、病院から離れられない子どもがいる。

文香も、そんな一人だった。生まれつき心臓が弱く、家にいるよりも入院している時間のほうが長かった。ランドセルや教科書は持っているが、学校には一日も行っていない。

人間の身体は不思議なもので、病気が治る見込みはなかったが、元気な時期もあった。普通の子どもみたいに動ける時期があった。

せめて、その間だけでも学校に行きたいと、文香は両親と医者に訴えた。

みんなと勉強したい。

友達が欲しい。

何度も何度も、そう頼んだという。文香は小学校に行きたかった。一生に一度でいいから学校に行ってみたい、と言った。

文香には友達がいなかった。話し相手は、両親と医者、それに看護師くらいのものだ。

小児病棟には、たくさんの子どもたちが入院しているが、文香はその子どもたちと接しようとはしなかった。いつ死ぬか分からない子どもも多く、悲しみに耐えられないと思ったのだろう。

両親には、そんな文香の気持ちが痛いほど分かった。病院しか知らない我が子が不憫だった。同世代の子どもたちと遊ばせてやりたいと思っていた。

だが、学校へ行くとなると負担が大きすぎる。毎日通うのは無理だろうし、体育もできないだろう。そもそも受け入れてもらえるか分からない。

そこで、医者と相談をした。話し合った結果、学校ではなく塾に通わせることにした。

学校より融通が利くし、同い年の子どももたくさんいる。

父親は、文香に聞いてみた。

「どうかな?」

「塾の勉強って難しいんだよね。ついて行けるかなあ……」

文香は不安そうな顔をしたが、その点は父親は心配していなかった。

「大丈夫さ」

父親は太鼓判を押した。学校には行っていないが、文香は家や病院でちゃんと勉強していた。問題集や参考書も持っているし、難しい通信教育もやっている。学校に行ける日を夢見て勉強していることを両親は知っていた。

結局、学校には行けなかったが、塾に通えることになって文香はよろこんだ。半分しか願いが叶わなかったのに、よろこんだ。

「友達できるかなあ」

うれしそうに、でも少し心配そうに両親や医者に言った。一人でいいから、友達を作りたいと言った。一緒におしゃべりしたり、並んでごはんを食べたりしたいと言った。

そんな文香を見て、両親は涙をこらえた。娘の一生が長いものでないことを知っていたからだ。


話を聞き終えた後、泰示は胸がいっそう苦しくなった。面談が終わると、塾のトイレの個室に駆け込んで泣いた。

先生の話が——病院で勉強する文香の姿が、泰示の脳裏を駆け巡った。塾に行くことを楽しみにしている文香の姿が思い浮かんだ。

それなのに、文香の悪口を言ってしまった。

病気の女の子に嫌いだと言ってしまった。

友達を作ろうと塾に来たのに傷つけてしまった。

ごめんなさい、ごめんなさいと声に出さずに謝った。でも、今さら謝っても手遅れだった。文香は死んでしまった。遠くに行ってしまった。

「ごめんなさい……」

どんなに謝っても、文香には届かない。人生には取り返しのつかないことがあるのを、泰示は知った。

その帰り道のことだった。

塾の裏手にある公園——文香と並んでベンチに座った公園の前を通りかかると、呪文のような変な言葉が聞こえた。

ご存じない方には、正身の胡椒の丸呑、白河夜船、さらば一粒食べかけて、その気味合をお目にかけましょう——

二十歳くらいの若い女の人が、『外郎売り』と呼ばれる発声や滑舌の練習をしているところだった。この公園の近くには劇団の稽古場があって、たまに、こうして練習をしているので、『外郎売り』という名前もおぼえていた。

女の人のそばには、黒猫がいた。この公園でよく見かけるやつだ。毛並は綺麗でスラリとしている。たぶんオスだ。生意気そうな顔をしている。

その黒猫が、ちょこんと座って『外郎売り』を唱える女の人を見ていた。何だか偉そうで、レッスンを監督しているみたいな顔をしていた。

「にゃあ」

泰示を見て鳴いた。すると、女の人が発声練習をやめ、こっちを見た。

「あら、泰示君」

泰示の知り合いだった。二木琴子。近所のお姉さんだ。物心ついたころから親しくしていて、ほんの一時期だが家庭教師をしてもらったこともある。

三ヶ月くらい前に、琴子の兄が交通事故で死んでしまい、すごく落ち込んでいたけれど元気になったみたいだ。演劇を本格的に始めたと聞いた気がする。劇団に入ったようだ。

練習の邪魔をしてしまったかと泰示は思ったが、琴子は嫌な顔一つせず聞いてきた。

「今、塾の帰り？」

「うん」

「大変ね」

「そうでもないです」

返事をしたとき、琴子の顔の感じがどことなく文香に似ていることに気づいた。たった、それだけのことなのに涙が溢れてきた。泰示は泣いてしまった。

塾のトイレで泣いたときよりも涙がたくさん出た。こんなところで泣いたら恥ずかしいと思ったが、涙は止まらなかった。込み上げてくる嗚咽（おえつ）をこらえることもできない。

琴子が目を丸くした。突然、泣き出したのだから、驚くのは当然だ。心配そうに聞いてきた。

「どうしたの？」

「し……死んじゃったんです」

泣きながら、泰示は答えた。そう言ったとたん、嗚咽が溢れ出た。泣きながら文香のことを話した。

琴子と黒猫と別れて、公園を後にした。走って家に帰り、自分の部屋に入った。

両親は、まだ仕事から帰って来ていない。家には泰示一人しかいなかった。おやつが冷蔵庫に入っているはずだが、それを見もせず、自分の部屋でスマホで検索を始めた。

ちびねこ亭。

琴子から教えてもらった食堂を調べようと思ったのだ。その食堂は、千葉県の内房にあるという。

「思い出ごはんって知ってる？」

さっき、公園で、泰示の話を聞き終えた後、琴子が聞いてきた。

生まれて初めて聞く言葉だった。漫画や小説にありそうだが、泰示は知らなかった。聞いたことがない。そう答えると、琴子が説明を始めた。

「ちびねこ亭の思い出ごはんを食べると、大切な人の声が聞こえることがあるの」

「……大切な人？」

「うん。私の場合は兄」

「え？　で、でも――」

交通事故で死んだはずだ。

「そう。死んじゃった。その兄と話すことができたの。ちびねこ亭で兄と会ってきたの」

「それはどういう――」

言葉に詰まったのは、どう返事をしていいか分からなかったからだ。呆気に取られていると、琴子が続けた。

「信じられないかもしれないけど、本当の話」

確かに、信じられる話ではなかった。

だけど、泰示は信じた。

死んだ者と話すことができる店があると――文香と話せると、信じたかったのだ。

「にゃお」

黒猫が、泰示と琴子に向かって鳴いて、しっぽをぴょこぴょこさせながら公園から出て行った。

おれ、帰るから。

そんなふうに言われた気がした。この黒猫は、野良猫ではなく飼われている家があって、そこに帰るつもりなのかもしれない。

黒猫を見送った後、琴子が忘れていたことを思い出したという顔で聞いてきた。

「泰示君、猫は平気？」

「え？」

「アレルギーとかない？」

「は……はい」

「嫌いだったりしない？」

「まあ……」

わけが分からないまま頷いた。猫を飼ったことはないが、嫌いではなかった。そう伝えると、琴子が安心したみたいに笑った。

「じゃあ大丈夫」

「何がですか？」

「ちびねこ亭は、猫がいる店なの」

看板猫というやつだろうか。店で飼われている猫が、テレビやネットで取り上げられることも多い。

「ちびねこ亭に行くんなら、お父さんかお母さんと一緒に行くといいわ。もし難しいなら、私が一緒に行くから」

ひとしきり説明した後で、琴子はそんなことも言ったが、付き添ってもらうつもりはなかった。もちろん両親とも行かない。行くのなら、一人で行くと決めていた。父と母に話すつもりさえなかった。

ちびねこ亭の電話番号は聞いたが、予約をする前にネットで検索することにした。事前の情報が欲しかったからだ。

でも店のサイトはなかったし、グルメサイトにも取り上げられていなかった。その代わり、個人のブログを見つけた。病気で入院している女性の日記だった。ブログのタイトルが、チョークで書いたような飾り文字で表示されていた。

アクセスカウンターが設置されていたが、あまり訪問者はいないらしく、アクセス数は少なかった。

泰示はそのブログに惹かれた。文香も入院していたと聞いたからだろうか。大切なことが書かれている気がした。

ブログを書いているのは、泰示の母親より年上の人みたいだった。そう思ったのは最初のほうのページに、こう書かれていたからだ。


夫が行方不明になったのは、もう二十年も昔のことです。

海へ釣りに行ったまま、いなくなってしまいました。

海難事故に遭い、いまだに帰って来ていないという。

生きているわけがない。諦めたほうがいい。

警察や地元の漁師さんたちに言われました。でも、諦め切れずにいます。

「君より長生きする。絶対に先に死なない」

結婚するとき、夫はそう言いました。私に約束してくれました。

私は、その言葉を信じます。子どもや私を残して、先に逝(い)くはずがありません。

その女の人はめげなかった。生活のために食堂を始めたのだった。ちびねこ亭という名前にしたのは、小さい猫を飼っていたからだという。

可愛らしいが、ありきたりな名前ではない。泰示も一発でおぼえた。インパクトのある屋号だと思う。

だが、ちびねこ亭が潰れなかったのは、屋号のおかげではなくメニューに売りがあったからだ。

食べて行けるようになったのは、思い出ごはん――陰膳のおかげです。

これもスマホで調べたことだが、陰膳には二つの意味があった。一つは、不在の人のために供える食事。そして、死者を弔(とむら)うための食事。葬式や法要のときに、死者のための膳を用意することがあるが、それも「陰膳」と呼ばれている。

本来の意味は前者だが、最近では、死者のための膳を指すことが多いのかもしれない。親戚の葬式のときに、死んでしまった人のために用意された膳を見たことがあった。

客の注文とは別に、女の人は夫の無事を祈って陰膳を作っていた。すると、死んでしまった身内や友人を弔うための陰膳を注文する客が現れた。葬式や法要でなくとも、死者を弔いたいと思う人間は多い。

その注文を「思い出ごはん」として受けた。故人の思い出を聞き、大切な人を偲ぶ料理を作ったのだ。

奇跡が起こりました。

信じられないことが起こったのです。

心を込めて思い出ごはんを作るたびに、大切な人との思い出がよみがえり、ときには、故人の声が聞こえてくるようになった。死んでしまった人と会うことのできた者さえいる。ただ、それは伝聞にすぎない。

私には何も聞こえないし、何も見えません。

思い出ごはんを食べた人にしか奇跡は起こらないらしい。実際に体験していないからだろう。ブログを書いている本人も、どこか半信半疑だった。からかわれていると思ったこともあったようだ。

でも泰示は信じた。思い出ごはんを食べれば、大切な人に会えると思った。人は奇跡を起こせるものだし、文香と会えると信じたかった。

だけど、気になるところもあった。ブログが、しばらく更新されていないのだ。最後の記事の日付が、一ヶ月くらい前になっていた。何の病気で入院しているか分からないが、身体の調子が悪いのだろうか。それともブログを書くことに飽きてしまったのだろうか。

記事を読んでも手がかりはなかった。考えても分からないことだ。信じると決めたのだから、あれこれ思うのはやめよう。

泰示は、ちびねこ亭に電話をかけた。三コールもしないうちに、若い男の人が出た。

「お電話ありがとうございます。ちびねこ亭です」

柔らかい声だった。怖い人ではなさそうだ。泰示は、ほっとしながら用件を言った。

「思い出ごはんを予約したいのですが――」

店の予約なんてしたことがなかったので、少し緊張した。子どもだからと断られるかもしれないとも思ったが、杞憂(きゆう)だった。「ありがとうございます」と返事があった。

これで文香に会える。そう思っていると、若い男の人が聞いてきた。

「橋本泰示様ですね」

この言葉には驚いた。

「どうして、僕の名前を知っているんですか？」

まだ名乗っていなかったのに、泰示の名前を言ったのだ。

だが、それは不思議なことではなかった。男の人が、呆気なく種を明かした。

「二木様より伺っております」

琴子が話したのだ。電話かメールをしたのかもしれない。余計なことをして、とは思わなかった。おかげで話がスムーズに進む。

「はい。橋本泰示です」

改めて名前を伝えて、予約を取った。朝しかやっていないようだが、問題はなかった。

夜遅くなるよりずっといい。

「では、お願いします」

そう伝えて電話を切ろうとしたとき、男の人が慌てた口調で聞いてきた。

「ちびねこ亭には猫がおりますが、アレルギーなど大丈夫でしょうか？」

猫の話は琴子から聞いていたことなので、驚かずに返事ができた。

「大丈夫です」

こうして、次の日曜日に行くことになった。


日曜日になった。

琴子に連絡しようかとも思ったが、何も言わずに行くことにした。一人で行くべきだと思ったのだ。

「今日も模擬テストがあるから」

泰示は両親に嘘をついた。実際に模擬テストはあるが、行くつもりはなかった。

父も母も、その言葉を疑いもしなかった。泰示は信用されている。

「そうか。がんばれよ」

応援してもらった上に、電車代と昼食代をもらった。しかし、それだけでは足りない。

千葉県は、模擬テストの会場よりも遠いし、食事代だってもっとかかる。貯めていたお小遣いを財布に入れて家を出た。

行く先は、千葉県の海沿いの町だ。東京駅から一時間半くらいの場所にある。ちゃんとスマホで行き方も調べた。都内の地下鉄に比べれば楽勝だ。

東京駅は混雑していたが、迷うことなく電車に乗った。意外に空いていて、ロングシートの端の席に座ることができた。

スマホでブログの続きを読もうと思ったが、充電が切れるといけないのでやめておいた。知らないところに行くのだから、スマホが使えなくなるのは困る。席に座って、うたた寝をした。文香に会えると緊張していたせいか、昨夜はあまり眠れなかった。

うとうとしているうちに、目的の駅に着いた。いつの間にか、車両はガラガラになっていた。みんな降りてしまったらしい。

電車を下りてホームに立ったが、潮の香りはしなかった。海の町のはずなのに、海は見えない。

駅を間違えたのだろうかと不安になったが、駅名を確かめると間違っていない。

「ここでいいんだよな……」

独り言を言いながら改札を出て、バス停に向かった。バス停は駅の前にあって、簡単に見つけることができた。

バスは時刻通りにやって来た。電子マネーに対応していない古い型のバスだった。小銭を持って来てよかった。

乗ってみると空いていて、お年寄りが二人いるだけだった。おじいさんとおばあさんの夫婦みたいだった。

行き先を告げるアナウンスが流れ、バスが走り出した。五分くらい走ったところに大きな病院があって、お年寄り夫婦は降りて行き、乗客は自分だけになった。

泰示も長くは乗っていなかった。そこから三つ先の停留所でバスを降りた。小銭でバス代を払うのは初めてだったので、少し緊張した。

ずいぶん遠くまで来たが、ちびねこ亭はまだ先だ。バス停から歩いて十五分。——スマホの地図には、そう表示されている。

都内なら迷子の心配をするところだが、その不安はなかった。分かりやすい目印があったからだ。

川が流れていた。東京湾に注ぐ小糸川だ。この道をまっすぐ行けば海に出る。その海辺に、ちびねこ亭はある。思い出ごはんを作ってくれる食堂があるはずだ。

「もうすぐだ」

泰示は声に出して言った。人通りはなく、独り言を言って笑われることもない。

「もうすぐ会える」

文香に会える。胸が締め付けられるように苦しくなったが、それを誤魔化すように川沿

い の道を歩いた。

本当に、海は近かった。五分と歩かないうちに、海が見えた。その瞬間、動物のものらしき鳴き声が聞こえた。

「ミャーオ、ミャーオ」

猫がいるのかと思ったが、上のほうから聞こえる。視線を向けると、鳥が鳴きながら飛んでいた。

「ウミネコ……？」

呟いたものの、自信がなかった。ウミネコという名前と鳴き声くらいしか知らない。泰示は足を止めて、スマホの辞書で調べた。

うみねこ【海猫】

日本近海の島にすむカモメ科の海鳥。体は白く、背と翼は濃い灰青色。鳴き声は猫に似る。

説明を読んだだけでは、ぴんと来なかった。そこで他のサイトを見ると、よく似た海鳥にカモメがいるが、まず鳴き声が違うと書いてあった。

キュー、キューと鳴くのがカモメで、また、くちばしの色も違う。カモメはほとんど黄色だけだが、ウミネコのくちばしは黄色と黒と赤の三色で模様になっているらしい。ウミネコとカモメの写真も載っていた。そうやって比較してあると、よく分かった。

「ふうん。ここはウミネコの町なんだ」

そんな台詞を呟き、スマホをポケットに戻し、再び小糸川沿いの道を歩き始めた。

それにしても静かな町だと思った。川沿いの道が堤防になっていて、その脇には、趣きのある古びた民家が立ち並んでいるが、人の気配はなかった。自動車も通らない。猫によく似たウミネコの鳴き声ばかりが聞こえる。

歩いているうちに、川が終わり海になった。潮の香りと波の音をはっきりと感じる。ウミネコの鳴き声が増えた。

「へえ……」

泰示は声を上げた。誰もいない砂浜が目の前に広がっていた。

「貸し切りみたい」

東京で生まれ育った泰示には、遠くまで広がる砂浜がもの珍しかった。人間の足跡さえない砂浜を歩いた。何分か行くと、白い小道に辿り着いた。白いのは、貝殻が敷いてあったためだ。

「踏んでもいいんだよね……？」

誰に聞くともなく、また呟いた。貝殻のあまりの白さに戸惑ったが、地図通りだった。この道で間違っていない。

遠慮がちに道の端を歩いた。すると、それらしき建物が見えてきた。

やっと着いた。

たぶん、あれがちびねこ亭だ。

泰示は駆け寄った。

看板はなかったが、入り口の脇に小さな黒板が置いてあった。チョークで、こんな文字が書かれていた。

ちびねこ亭
思い出ごはん、作ります。

それから、付け加えるみたいに、「当店には猫がおります」とも書いてあって、さらに、可愛らしい子猫の絵が添えられていた。

「入ってもいいのかなあ……」

今まで、こんな大人の雰囲気の店に来たことはなかった。ファミレスやスーパーのフードコートとは雰囲気が違う。子どもが一人で入ってはいけないような気がした。ちびねこ亭に一人で来ると決めたのは自分だが、小学生には入りにくかった。

「ええと……」

店に入る踏ん切りがつかず、時間を稼ぐように呟いた。

そうやって入り口のそばでもじもじしていると、黒板の陰から声が聞こえた。

「みゃあ」

今度は、ウミネコではなかった。のぞき込むと、茶ぶちの子猫がいた。黒板の陰に隠れるように座って、泰示の様子を窺(うかが)っている。

この店の猫だろうか？

一目でオスと分かる、やんちゃそうな顔をしている。話しかけてみようかと思ったとき、カランコロンとドアベルが鳴った。入り口の扉が開き、若い男の人が出てきた。

女の人がするみたいな眼鏡をかけているけど、テレビに出てくるアイドルみたいにかっこいい顔をしていた。やさしい系のイケメンだ。

そのイケメンが、泰示と子猫を見てから声をかけてきた。

「橋本泰示様ですね」

丁寧で、やさしい声をしていた。聞きおぼえがあった。予約の電話をしたときに出た男の人の声だ。

「は、はい」

泰示が返事をすると、男の人がおじぎをした。

「ご予約ありがとうございます。初めてお目にかかります。ちびねこ亭の福地櫂です」

邪険に追い払われずにほっとしたが、大人相手に話すのは緊張する。初めて会った相手だし、丁寧に話しかけられたことがなかった。

「ええと……、あの――」

いきなり言葉に詰まってしまった。そんな泰示を馬鹿にする様子もなく、櫂が言った。

「用意できております。お入りください」

カランコロンと再びドアベルを鳴らし、扉を大きく開けてくれた。漫画に出てくる執事みたいに親切だ。

ありがとうございますと言おうとしたが、足元から先を越された。

「みゃあ」

子猫が返事をしたのだった。甘えるような声で鳴き、櫂を見ている。

そのしぐさはかわいらしく頬が緩んだが、櫂はにこりともしなかった。

「外に出ては駄目だと言ったはずですよ。分かりましたか？」

言い聞かせるように言った。子猫にまで丁寧な言葉を遣っている。この店を教えてくれた琴子も話し方は丁寧だが、櫂という人はそれ以上みたいだ。

「みゃん」

子猫が頷き、それから、しっぽを立てて我が物顔で店に入っていった。叱られて反省しているようには見えない。

櫂がため息をつき、泰示に頭を下げた。

「看板猫のちびです。お騒がせしました」

「は……はい」

そう応えると、櫂が仕切り直すみたいに言った。

「ちびねこ亭へようこそ。どうぞ、お入りください」

「お邪魔します」

精いっぱい丁寧に言って、ちびの後を追いかけるようにして店の中に入った。

まっさきに目に飛び込んできたのは、大きな窓だ。ベランダのガラス戸みたいで、人が出入りできるくらいの大きさがあった。

すぐ前に海があって、ウミネコが上空を飛んでいた。海水浴の季節じゃないからなのか、まだ午前中だからなのか相変わらず人は誰もいない。絶え間なく聞こえる波の音が耳に心地よかった。

店の中も静かで、泰示の他に客はいない。隅に置いてある古時計がチクタク、チクタクと動いていた。

その古時計の隣に安楽椅子が置いてあって、ちびがそこによじ登って丸くなった。お気に入りの場所なのだろう。気持ちよさそうに眠ってしまった。

店員は、櫂一人みたいだった。ブログの女の人はいない。客もおらず、その櫂も泰示を席に案内すると、キッチンに行ってしまった。

「料理をお持ちしますので、少々、お待ちください」

そう言われたが、テレビもなくすることがない。でも、スマホを見ようとは思わなかった。眠っているちびや窓の外を見ていた。

十分くらいそうしていると、キッチンから櫂が戻ってきた。

「お待たせいたしました」

お盆にサンドイッチとスープを載せて持っていた。

「ご注文は、こちらの料理で間違いありませんか？」

二人分の料理をテーブルに置き、櫂が聞いてきた。

　泰示は改めて、それを見た。サンドイッチには、ハムもチーズも挟んでいない。いわゆる玉子サンドだが、中身は茹で玉子を潰したものではなかった。櫂が、その料理の名前を言った。

「厚焼き玉子のサンドイッチとかぼちゃのポタージュスープです」

　それこそが、文香が公園で食べていたものだ。サンドイッチには厚い玉子焼きが挟んであって、かぼちゃのポタージュからは甘いにおいが立ちのぼっている。

　そのにおいに惹かれたように、ちびが目を覚まし、鼻をひくひく動かした。

「みゃあ」

　ねだるように鳴いている。猫も小さいうちは甘いものが好きだというから、玉子焼きや、かぼちゃのスープを食べたがっているのかもしれない。

「はい。これです」

「召しあがってみてください」

「は……はい」

　泰示は、自分のサンドイッチに手を伸ばした。

「みゃあ」

　足元から鳴き声が聞こえた。視線を落とすと、いつの間にか、ちびが近くに来ていた。

やっぱり玉子サンドが欲しいようだが、人間の食べ物はあげないほうがいいだろう。

「ごめんね」

猫に声をかけてから、玉子サンドを摑んだ。

パンに挟まれた厚焼き玉子は五センチはありそうで、ずっしりと重かった。しかも、まだ温かい。泰示が来る時間に合わせて作ってくれたようだ。

文香からもらうまで見たこともなかったが、ネットで調べてみると、厚焼き玉子のサンドイッチは有名だった。

その情報によると、老舗の甘味処「天のや」で考案されたサンドイッチらしい。テレビ番組や雑誌で取り上げられ、一般家庭にも広まったという。

泰示の脳裏に、あのときの風景が浮かんだ。文香が公園のベンチに座っている。膝の上には、バスケットが載っていた。

思い出ごはん。

このサンドイッチを食べれば、文香に会える。胸の鼓動が速くなった。早く会いたいような、この場から逃げ出したいような気持ちになった。

「みゃあ」

ちびが急かすように鳴いた。早く食べないと冷めてしまう、と言われた気がした。

「うん。分かった」

子猫に返事をして、落ち着かない気持ちのまま、厚焼き玉子のサンドイッチを頬張った。

噛むと、香ばしくて甘いパンの味が、口いっぱいに広がった。

香ばしいのは、食パンを軽くトーストしてあるからだろう。パンにはバターが塗られていた。においだけでも美味しかった。

さらに噛むと、具に辿り着いた。和風のだしで焼き上げた厚焼き玉子、それにたっぷりとからしとマヨネーズが挟んである。

バターの香り、パンの香ばしさ、玉子焼きのやさしい甘さ、その二つをマヨネーズとからしが引き立てている。パンよりも厚く切られた玉子焼きは柔らかく、口の中で溶けるように消えた。

美味しかった。文香がいなくなってから食べたものの中で、一番美味しいとさえ思った。

でも、泰示は一口で食べるのをやめた。がっかりしたのだ。サンドイッチを皿に置き、櫂に言った。

「これじゃありません」

あの日、文香にもらったものとは別物だった。見た目はそっくりだし、玉子焼きの味は似ているが、何かが違う。一口食べただけで、それが分かった。

その証拠のように、玉子サンドを食べても文香の声は聞こえてこない。泰示の前に現れることもない。思い出ごはんじゃないからだ。

「みゃあ……」

ちびが困ったような顔で鳴いたが、櫂の表情は変わらず平然としていた。

大人は自分の失敗を認めないものだから、子どもを言い負かそうとするものだから、何か言ってくると思ったが、櫂は反論しなかった。

「やっぱり、そうでしたか」

独り言のように呟いた。自分一人で納得しているみたいな言い方だった。

何が、やっぱりなんだろう。聞き返そうとしたが、櫂の言葉のほうが早かった。

「たびたび申し訳ありませんが、また、少々お待ちください」

一礼し、泰示の返事も聞かずにキッチンに行ってしまった。ちびが、その背中を見送っていた。耳が小さく動いていて、不思議がっているように見えた。

泰示だって不思議だ。子どもに料理を否定されて怒ったのだろうかとも思ったが、櫂の態度は丁寧なままだった。子どもだけでなく、猫にまで丁寧な言葉で話すイケメン。

「おまえのご主人、変わってない？」

子猫に聞くと、ちびが頷きながら鳴いた。

「みゃん」

さっきも思ったことだが、人間の言葉が分かっているみたいだ。会話が成立している。この子猫も変わっている。

櫂が戻ってきたのは、十分くらい経ってからだった。運んできた料理をテーブルに並べ、何事もなかったかのように言った。

「こちらをどうぞ」

「どうぞって――」

声が尖った。むっとした気持ちになったのだ。新しく置かれた玉子サンドとかぼちゃのポタージュを睨みつけ、櫂に抗議した。

「さっきと同じものじゃないですか」

これじゃありません。

はっきりそう伝えたはずなのに、櫂は同じものを持ってきた。

「同じものではありません」

「え？」

「お召し上がりになれば分かることですが、おそらく、こちらのサンドイッチが本物の思い出ごはんです」

　櫂がきっぱりと言った。同じものを出しておいて、その台詞は意味が分からない。子どもだと思って騙そうとしているのかと思ったが、櫂は真面目な顔をしている。会ったばかりだが、子どもを騙すような大人には見えない。

「みゃあ」

　ちびが、泰示の考えに同意するように鳴いた。櫂を信じてみろ、と言われた気がした。

　——死んじゃった兄と話すことができたの。

　琴子はそう言っていた。物心ついたころから知っているが、嘘をつくような人間ではない。彼女の言葉を頼りにここまで来たのだから、最後まで信じよう。

　もう一度、運ばれてきたばかりの新しいサンドイッチを見た。どんなに見ても、さっきのと何が違うのか分からない。まったく同じに見える。それでも食べてみることにした。

「……いただきます」

　呟くように言って、玉子サンドを手に取った。

「——え？」

　声が出た。さっきのサンドイッチとは違う。重いし、感触も違う。指を弾き返すような弾力があった。

「こ、これ……？」

説明を求めるつもりで耀の顔を見たが、何も教えてくれなかった。ただ、こう言った。

「温かいうちにお召し上がりください」

食べれば分かるということだろうか。確かに、説明を聞くよりも早い。

「は……はい」

泰示は頷き、サンドイッチに口をつけた。そして、嚙んだ瞬間、はっきりと分かった。

あのときと同じ玉子サンドだ。

文香がくれたサンドイッチだ。

身体がおぼえていた。あのときに聞いた文香の台詞が、耳の奥でこだました。

ごはん、食べないの？

一個、あげる。よかったら食べて。

けっこう上手にできたと思うから。

目の奥がじんわりと熱くなるのを感じた。涙が溢れてきそうだ。でも、会ったばかりの耀の前で泣きたくなかった。

サンドイッチを皿に置き、袖で目を擦った。乱暴に擦った。何度かそうやって、どうにか涙を引っ込め、泰示は顔を上げた。すると、視界がぼやけていた。

……ん？

最初は、擦りすぎて目がおかしくなったのかと思った。何度か瞬きをしたが、視界はぼやけたままだ。

周囲を見て、泰示は世界が変わってしまったことに気づいた。風景が変わっている。店全体に朝靄がかかり、雲の中にいるみたいになっていた。

異変はそれだけじゃなかった。テーブルのそばに立っていたはずの櫂が消え、波の音も、ウミネコの鳴き声も、そして古時計の音も聞こえなくなった。古時計を見ると、針が止まっている。壊れてしまったのだろうか？

不思議に思うより、この世に一人だけ取り残された気持ちになった。

これから、どうしよう？

途方に暮れかけたとき、猫の鳴き声が足元から聞こえた。

〝みゃあ〟

ちびだ。足元から泰示の顔をのぞき込んでいる。独りぼっちじゃなかった。すぐそこに、ちびがいた。

ほっとしたが、ちびの鳴き声がおかしい。何だか、くぐもっている。

〝声、変だよ。……あれ？〟

ちびに教えてやったが、驚いたことに、泰示の声もくぐもっていた。喉のせいでも耳のせいでもなく、やっぱり異変が起きている。

〝……どういうこと？〟

泰示は呟き、ポケットに手を入れた。スマホで調べようと思ったのだ。ニュースやSNSを見れば、何か分かるかもしれない。

だが、スマホは画面が消えていた。電源ボタンを押しても起動しない。使えなくなっていた。

〝嘘……〟

世界から切り離された気持ちになった。今まで以上に心細くなり、すがりつくように、ちびを見た。

子猫は平然としていた。

〝みゃあ〟

泰示に向かって鳴き、とことこと歩き出した。出入り口の扉のほうに向かっていく。

外に出たいのだろうか？

窓の外を見ると、店内以上に真っ白だった。靄というより、ドライアイスでスモークを焚いているみたいに見える。外に出ないほうがいい気がした。

〝危ないよ〟

ちびを追いかけようとしたときのことだ。カランコロンと音が鳴り、扉が開き、小さな人影が入ってきた。それは女の子だった。

〝みゃあ〟

ちびが、出迎えるように鳴いた。このために、出入り口まで歩いて行ったようだ。

〝ありがとう〟

女の子が、子猫に返事をした。泰示やちびと同じようにくぐもっているが、知っている声だった。顔も知っている。店に入って来た瞬間に、誰だか分かった。

ずっと会いたかった。

やっと会えた。

そんな言葉が思い浮かんだ。でも、声が出ないくらい驚いていた。奇跡を信じてはいたが、本当に起こると言葉が出なくなった。椅子に座ったまま固まっていた。

そんなふうにしていると、女の子が泰示に声をかけてきた。

〝橋本君、久しぶり〟

女の子は、中里文香だった。病気で死んでしまった文香が、ちびねこ亭に現れたのだ。

少しぼやけて見えるけれど、現れたのは、本物の文香だった。声も顔も生きていたころと変わらない。

文香が、泰示に話しかけてきた。

〝会いに来てくれてありがとう〟

泰示は返事ができない。文香と話したくて、ここまで来たのに、心の準備ができていなかった。

〝みゃあ〟

がんばれと言うように、ちびが泰示の顔を見て鳴いた。それから、とことこと歩いて、古時計のそばの安楽椅子に戻っていった。やっぱりお気に入りの場所みたいだ。

〝座っていい？〟

文香に聞かれた。いつの間にか、泰示の正面の席のそばに来ていた。思い出ごはんの置いてある席だ。

〝う……うん。そこ、中里の席だから〟

答えることができたが、つっかえてしまった。喉がカラカラになって、上手く声が出ない。

〝そっか。私の席か。橋本君が注文してくれたんだよね？〟

〝まあ、そうかな……〟

〝ありがとう〟

文香は椅子を引いて座り玉子サンドとかぼちゃのポタージュを見ながら、さらに言った。

〝冷めないうちに食べようよ〟

〝うん〟

泰示は玉子サンドを手に取り、口に運んだ。さっきより冷めたが、ぬくもりが残っていて、まだ十分に温かい。味も落ちていなかった。バターをしっかり塗っているからだろう。パンも香ばしいままだ。

ふと視線を感じて前を見ると、文香がこっちを見ていた。一緒に食べようと言ったのに、サンドイッチにもスープにも手を触れていない。椅子に座ってじっとしている。不思議に思って、泰示は質問した。

〝食べないの？〟

〝食べてるよ〟

〝え？〟

〝この湯気が、私のごはんなの〟

〝湯気がごはん？〟

〝正確には、においかなあ。死んじゃうと、この世のものは何も食べられなくなるの〟

だから仏壇やお墓に線香を上げるのだと教えてくれた。線香の煙が、死んだ人の食事だという。

〝へえ……〟

泰示の知らないことだった。文香は続ける。

〝冷めちゃうと、においを感じなくなるの。だから、文香がここにいられるのは、お料理が冷めるまでなんだって〟

〝え？　……そ、それって、消えちゃうってこと？〟

〝消えちゃうっていうか、あの世に帰るの〟

つまり、泰示と一緒にいられる時間はかぎられているということだ。

〝また、会える？〟

〝無理みたい。橋本君と会えるのは、たぶん今日が最後〟

〝最後……〟

ショックを受けながら、再びテーブルの思い出ごはんを見た。サンドイッチは、最初から湯気が立つほど温かくはない。

スープカップに触れてみると、かぼちゃのポタージュはまだ温かかったが、すぐに冷めてしまいそうな気がした。暖かい日が続いているが、もうすぐ十一月になるのだ。この瞬間も過去になってしまう。時の流れは速く、ぐずぐずしていると、何もかもが終わってしまう。一度だけの人生の、一度だけの時間だ。

何も言えないまま別れたくなかった。

もう、後悔したくなかった。

後悔しながら生きていくのはごめんだ。

だから、泰示は言った。

〝サンドイッチをもらったときのことだけど、あの後、塾で変なことを言ってごめん〟

やっと言うことができた。文香に謝ることができた。でも、これで終わりじゃない。言いたい言葉が残っていた。伝えたい気持ちがあった。それを言うために、文香に伝えるために、ここまで来たのだ。

泰示は、ありったけの勇気を振り絞って、生まれて初めての告白を始めた。文香に言った。

〝あれ、嘘だから。嫌いって言ったの、嘘だから〟

緊張しすぎて、声がひっくり返りそうになった。心臓がドキドキして息苦しい。恥ずかしくて文香の顔を見ることができない。

それでも泰示は続けた。ずっと思っていたことを口に出した。

〝おれ、好きだから。中里のこと、ずっと好きだったから。――今も、好きだから〟

誰よりも好きだから。

文香のことが大好きだから。

自分の気持ちを――好きだという気持ちを、文香に伝えることができた。

でも、まだ返事を聞くという仕事が残っている。

おそるおそる文香の顔を見た。

彼女は、泣いていた。

いきなり泣いちゃってごめんね。うん。大丈夫。そんなに心配しなくても大丈夫だよ。

謝らなくていいから、今度は、文香の話を聞いて。

あのね。

あのとき、塾で橋本君に「嫌いだ」って言われたとき、文香、ものすごくショックだったの。すごく悲しくなったの。

塾では普通にしてたけど、家に帰ってから泣いちゃったの。

えーん、えーんって泣いてたら、ママが心配してくれた。身体の調子が悪くなったって思ったみたい。

ママにはいつも迷惑をかけてるから、なるべく心配かけたくなかったから、正直に言ったの。

橋本君に「嫌い」って言われて悲しいんだって言ったの。

文香は言葉を切った。

目は潤んでいたが、もう泣いてはいなかった。泰示の顔を見ながら話を続けた。それは、彼女の告白だった。

そしたら、ママに笑われちゃった。

それは文香の勘違いよって。

「嫌い」っていうのは、「好き」って意味なんだよって。

たぶん、橋本君は文香のことが好きなんじゃないかなあって。

とっても、うれしかった。

文香ね、自分が長生きできないんだって知ってたの。お医者さんとかに言われたわけじゃないけど、そういうのって分かるんだよね。

大人にはなれないし、誰かを好きになることも、誰かに好かれることもないんだって思ってた。

この世に何年かいるだけで、すぐに死んじゃうんだと思ってた。

生まれて来て損したなって思ってたの。

本当のことを言うとね、自殺しちゃおうって思ったこともあるんだよ。

病気が重くなる前に、もっと苦しくなる前に——これ以上、パパやママに迷惑をかける前に、死んじゃおうと思ったの。

でも、その前に、一度だけでいいから学校に行ってみたかったんだ。

普通の小学生をやってみたかったの。みんなと勉強をしたり、ご飯を食べたりしたかったの。

友達も欲しかったけど、たぶん、できないだろうなって諦めてた。病気なんだから、できるわけないって。

病気になるとね。すごいわがままを言うんだけど、すぐ諦めちゃうんだよね。しょうがないかって。

結局、学校は行けなかったけど、塾に行けた。そこで、橋本君に出会った。

あのね。

最後だから言っちゃうけど、文香、橋本君のことが好きだったの。けっこう最初から好きだったんだよ。勉強できるし、やさしいし、かっこいいんだもん。文香の初恋だったんだよ。

だから、ママに「橋本君は文香のことが好きなんじゃないかなあ」って言われてうれしかった。誰かを好きになったり、好きになられたりするのって幸せだよね。

これも言っちゃうけど、文香、バレンタインにチョコをあげようと思ってたんだから。

橋本君に「好きです」って言うつもりだったんだから。

告白しようと思ってたんだから。

だけど、言えなかった。

言う前に、胸が痛くなって倒れて、救急車で運ばれちゃった。

それでね、死んじゃった。

言う前に死んじゃったの。

間抜けだよね、せっかく両想いになれたかもしれなかったのに。

泰示の目から涙が零れ始めた。

鼻の奥がつんとして、嗚咽が漏れた。我慢しようと思ったが、駄目だった。しゃくり上げるように泣いてしまった。涙と嗚咽が止まらない。文香と一緒にいるこの時間が、たまらなく愛しくて悲しかった。

でも、悲しいのは生きている自分より、死んでしまった文香のほうだ。自分より、文香のほうがずっと辛いに決まっている。手の甲で涙を拭い、溢れ出る嗚咽を飲み込み、無理やり泣き止もうとした。

泣いちゃ駄目だ。

泣いちゃ駄目だ。

泣いちゃ駄目だ。

何度も何度も自分に言い聞かせ、どうにか嗚咽を呑み込み、涙を押さえつけた。文香にやさしい言葉をかけようとした。両想いだから、と言おうとした。

それなのに、その全部を、文香が台なしにしてしまった。

〝ねえ、これってデートだよね。文香、橋本君とデートしてるんだよね〟

こらえきれず泰示は泣き崩れた。両手で顔を覆うようにして泣きながら、それでも文香の質問に頷いた。何度も何度も頷いた。最初で最後の文香とのデートだと思った。

胸が張り裂けそうなくらい悲しかったが、いつまでも泣いているわけにはいかない。話すことのできる時間はかぎられている。かぼちゃのスープが冷めてしまったら、文香はこの世界から消えてしまう。わずか数分しか残っていなかった。

文香も同じことを考えたのだろう。泰示の号泣がいくらか収まるのを待って、仕切り直すように聞いてきた。

〝ねえ、橋本君、将来の夢とかある？〟

〝う……うん。医者になりたいって思ってる〟

泰示は答えた。中学校受験をするのも、大学の医学部に行くためだ。国立大学の医学部に進みたいと思っていた。

誰かにその夢を話すのは初めてだった。親にも、塾の先生にも話したことがない。本気で夢を叶えたいなら、誰にも話さないほうがいいと思っていた。

大きな夢を持てば持つほど、「無理だ」と言ってくる者がいる。夢を否定する人がいる。馬鹿にされることだってある。そんな人間の相手をするのは時間の無駄だ。

でも、泰示は文香に話した。話しても大丈夫だと思ったし、話したい気持ちがあった。

〝橋本君なら、きっとなれるよ〟

文香は馬鹿にはしなかった。真剣な顔で頷き、それから、問うように聞いてきた。

〝お医者さんになって病気で苦しんでいる人を治すんだよね〟

〝うん〟

それが、本当の夢だった。いい大学に行けなくても、たくさんの病気を治せる医者になれればいい。

文香の質問に頷きながら、ふと、あと十年、いや二十年、早く生まれていれば、文香の病気を治すことができたのにと思った。ただ、早く生まれたなら、文香と恋をすることもなかった。——だけど、それでもいい。

もしも神様がいて、どちらかを選べと言われたら、迷わず二十年早く生まれるほうにする。そして、文香の病気を治すのだ。文香を助けたかった。生きていて欲しかった。

止まりかけた涙が、再び溢れそうになった。そのとき、安楽椅子で眠っていたはずのちびが鳴き声を上げた。

〝みゃあ〟

泣いている場合じゃないと言われた気がした。泰示がテーブルの上を見ると、すでに、かぼちゃのスープは冷めかけている。この魔法のような時間が終わりに近づいていた。

消えかかった湯気を見て、文香が最後の話を始めた。

〝文香の将来の夢——もちろん死んじゃう前の夢だけど、聞いてくれる？〟

〝う……うん〟

泰示は頷いたが、その夢は残酷なものだった。

〝文香はね……。文香はお嫁さんになりたかったの。ママみたいな、やさしいお母さんになりたかったの〟

子どものために玉子サンドを作る文香の姿が——大人になった文香の姿が思い浮かんだ。幸せそうに微笑んでいる。

〝だけど、もう無理だから。もうなれないから〟

文香の時間は止まってしまった。結婚することも、大人になることもない。ずっと小学校五年生のまま止まっている。脳裏に浮かんでいた大人になった文香の姿が、ゆっくりと消えた。絶対に叶うことのない夢なのだ。

〝だからね〟

文香は続けた。

〝今から文香の夢は、橋本君がお医者さんになることにする。駄目かなあ？〟

駄目じゃない——そう言おうとしたが、遅かった。いつの間にか、文香の姿が消えている。

慌ててかぼちゃのスープに手を当てると、すっかり冷めてしまっていた。湯気も立っていない。文香との時間が終わってしまったことを、泰示は知った。

そして、別れの言葉が聞こえた。

〝もう行かなきゃ。橋本君、会いに来てくれてありがとう。お話ししてくれてありがとう。バイバイ〟

文香の姿は見えないが、手を振ってくれていると分かった。不思議なことに、はっきりと分かった。

どうしようもなく切なかった。再び、泣き崩れそうになったが、歯を食いしばって我慢した。無理やりに笑顔を作って、文香の声が聞こえたほうに手を振った。

〝バイバイ〟

ちゃんと言えた。泣かずに言えた。生まれて初めて好きになった女の子に、大好きな文香に、さよならを言うことができた。

ちびが安楽椅子から飛び降り、扉のそばに駆け寄った。何も見えない空間に向かって、〝みゃあ〟と鳴いた。それが、ちびの別れの挨拶だった。

カランコロン。

ドアベルが鳴り、扉が開き、そして閉まった。泰示とちびは、それを見送った。しばらく、じっと扉を見ていた。

もう、ここに文香はいない。手の届かない場所に行ってしまった。そのことだけが、はっきりと分かった。


文香がいなくなると、世界が元に戻った。

朝靄が晴れて、古時計が動き始めた。波の音やウミネコの鳴き声も聞こえる。扉の近くにいたはずのちびが、古時計のそばの安楽椅子に戻っていた。

頬に触れると、涙が乾いていた。たくさん泣いたはずなのに、涙を流した形跡さえなかった。

夢を見たのだろうか？

起きていても、夢を見ることはあるという。自分に都合のいい夢を見たのかもしれない。

でも、それでもよかった。

夢でも文香に会えてよかった。

向かいの席には、玉子サンドとかぼちゃのスープが置かれている。文香の思い出ごはんだ。少しも減っておらず、すっかり冷めていた。

櫂がやって来て、湯呑み茶碗をテーブルに置いた。

「食後の緑茶でございます」

おじぎをしてキッチンに戻って行こうとするのを、泰示は呼び止めた。

「中里文香さんと話すことができました」

「ええ」

燿は頷いた。驚いている様子はない。やっぱり、ここは奇跡の起こる食堂なのだ。

「質問していいですか？」

「はい。何なりとお聞きください」

どうして死者が現れるのか聞いてみようかとも思ったが、燿は「分かりません」と答える気がする。また、文香と会うことができた今となってはどうでもいいことだ。

それより疑問に思っていることがあった。

「一つ目と二つ目のサンドイッチは、何が違うんですか？」

今、考えても分からない。まったく同じに見えたのに、何かが違っていた。最初の玉子サンドを食べても、文香は現れなかった。

燿は、もったいぶることなく泰示の質問に答えてくれた。

「パンが違います」

「パン？」

「ええ。一つ目のパンは小麦粉で作りましたが、二つ目のものはグルテンフリーとなっております。米粉の食パンです」

グルテンフリーという言葉は知っていた。コンビニやスーパーでも、そう書かれた食べ物が売られている。

小麦アレルギー。

グルテン過敏症。

親戚やクラスメートに、そういう症状に悩む人がいる。また、テレビやネットで見たこともあった。小麦粉を食べると、頭痛、下痢、吐き気、じんましんなどの不調が起きるという。そして、米粉は小麦粉の代わりに使われる代表的な食品だ。

「中里文香さんの玉子サンドは、米粉パンだったんです」

「どうして――」

泰示は聞き返した。その説明では分からない。疑問が残っている。

「どうして、そんなことを知っているんですか?」

あのときの玉子サンドに米粉を使っていたなんて、泰示でさえ知らなかった。ましてや耀は食べてもいないのだ。

「二木さんから話を伺いましたから」

耀は答えた。二木さんというのは、琴子のことだ。

琴子は、泰示のことを心配していた。念のため、ちびねこ亭に電話したのだろう。事情も話したのかもしれない。

「琴子お姉さんは、米粉のパンだと知っていたんですか？」

ありえないと思いながら聞いた。それとも泰示が知らなかっただけで、琴子は文香と面識があったのだろうか。

「いいえ。二木さんはご存じなかったと思います」

「じゃあ——」

「クッキーです」

「え？」

「二木さんから伺ったのは、クッキーの件です」

「それって……。もしかして……」

「ええ。さようでございます」

公園で文香と一緒に玉子サンドを食べたとき、クッキーをあげようとして拒まれた。振られたと思ったが、そうではなかったのだ。

「小麦粉が入っているから食べられなかったんです」

あのとき、文香は困った顔をして何か言いかけた。泰示は、それを聞かずに走り去った。そして、悪口を言った。

最初から最後まで、悪いのは泰示一人だった。勝手に頭に血を昇らせ、文香を傷つけてしまった。

「もちろん、これは私の想像にすぎません。そうではない可能性もありました」

だから、最初に小麦粉で作ったパンを出したのだ。文香が現れず、米粉のパンだと櫂は確信した。

不思議に思えたことも、説明を聞くと理路整然としている。納得できた。自分も櫂くらい落ち着いていたら、文香を傷つけることはなかっただろう。

「ごゆっくりおすごしくださいませ」

櫂が頭を下げ、キッチンに戻っていった。

泰示はうつむき、唇をかんだ。ちびの鳴き声が聞こえたが、そっちを見ることができなかった。

頭に浮かぶのは、文香のことばかりだった。

記憶は薄れていくものだが、文香のことは絶対に忘れない。人生の最期(さいご)のときを迎えても、文香のことはきっとおぼえている。

泰示にとって、一生に一度の初恋なのだから。
初恋は忘れることのできないものだから。

ちびねこ亭特製レシピ

# レンジで作る厚焼き玉子サンド

## 材料（１人前）

・生卵　２個
・マヨネーズ　大さじ１
・白だし　小さじ１
・水　小さじ１
・食パン　２枚

## 作り方

1　マヨネーズ、白だし、水を器に入れてよく混ぜる。
2　１とは別の器で卵を溶いて卵液を作る。
3　１と２を混ぜ合わせて、ご飯１膳分用の電子レンジ容器に入れる。
4　ラップをして、１分加熱する。その後、様子を見ながら、30秒ずつ加熱する。ふんわりしてきたら厚焼き玉子の完成。熱の通り具合は好みで調整する。
5　好みの焼き加減にトーストした食パンに４を挟んで完成。

## ポイント

好みで、トーストした食パンにバターやからしを塗っても美味しく食べられます。

# サバ白猫と落花生ごはん

落花生

代表的な千葉県の名産物。国内産の約八割が千葉県で生産されている。十一月十一日はピーナッツの日で、そのころ旬を迎えると言われている。『なごみの米屋』の「ぴーなっつ最中」はお土産としても人気が高く、駅の売店などで売られていることもある。他にも、『オランダ家』の「楽花生ダックワーズ」「楽花生パイ」など、落花生を使った絶品スイーツは多い。

琴子は、ちびねこ亭に行った日のことを思い出す。生きる気力を失い、途方に暮れた状態で食堂を訪れ、そして櫂と猫のちびに出会った。

その食堂で思い出ごはんを食べると、死んだ兄に会うことができた。ちびねこ亭に現れたのだ。そして、兄は琴子に言った。

一つだけ頼みがある。

舞台に立ってくれ。

死んでしまった兄が、なぜ、そんなことを言うのか分からなかった。ろくに説明をせずに、兄はあの世に帰って行き、疑問が残った。それを解き明かしてくれたのは、ちびねこ亭の櫂だった。

お兄さんは、もう一度、舞台に立ちたいのではないでしょうか。

それから、背中を押してくれた。

がんばってください。ちびと一緒に応援しています。

その台詞を聞いて、演劇をやりたいと思っている自分の気持ちに気づいた。

ちびねこ亭を出て、まっすぐ劇団に行った。そして、熊谷に「役者として劇団に入れてください」と頼んだ。今までみたいな通行人の役ではなく、台詞のある役をやりたい。兄のような役者になりたいと伝えたのだ。

「練習に来るのは自由だが、結人みたいになれるかどうかは琴子ちゃん次第だ。役は自分の力で摑み取れ」

それが熊谷の返事だった。厳しいが、やさしい言葉だった。琴子が劇団に入りたいと言うのを待っていたようにも思えた。

琴子は、熊谷の目を見て応えた。

「よろしくお願いします」

こうして、正式に劇団に入れてもらった。

稽古は辛かった。琴子は素人にすぎない。体力もなければ、発声もできない。熊谷に何度も怒鳴りつけられた。力尽きて座り込んでしまったこともある。

でも、逃げ出そうとは思わなかった。一歩ずつ前に進んで行っている手応えがあったからだ。また、兄が見守ってくれていると自分を励ますことができたし、辛いときには櫂の言葉を思い出した。

——ちびと一緒に応援しています。

劇団の稽古とは別に努力をした。体力をつけるためスポーツジムに通い、発声練習をした。近所の公園で、『外郎売り』を何度も繰り返した。

そして、一ヶ月が経った。最初の舞台が決まった。小さな劇団だからだろう。台詞のある役をもらうことができた。琴子のデビュー作だ。役者として舞台に立つことができる。琴子の人生が変わろうとしていた。

そして、両親も変わった。兄が死んで腑抜けのようになっていたが、琴子が舞台に立つと言うと、表情が明るくなった。

どんな芝居をやるんだ？

台詞はいくつあるの？

衣装は用意したのか？

他に誰が出るの？

そんな質問を立て続けにした後、父と母は琴子に言った。

「応援に行かなきゃな」

「本当。楽しみね」

その場で財布を出し、チケットを買うと言い出した。立ち直るきっかけを待っていたのだと分かった。いや、もしかすると、琴子が立ち直るのを待っていたのかもしれない。兄が死んで腑抜けになっていたのは、琴子も同じだった。

私が死ねばよかった。

役立たずが生き残ってしまった。

何度も思った。そんなふうにどん底まで落ち込んでいた琴子が元気になるのを、静かに待っていてくれたのだ。

「チケット、仏壇に供えておくね」

琴子が言うと、両親の目が潤んだが、涙を流さず笑顔で頷いた。

「結人もよろこぶぞ」

そう呟いた父の言葉を、琴子も母も受け入れることができた。兄のことを自然に話すことができた。家族で仏壇に手を合わせて、琴子が舞台に立つことを報告できた。

時の流れは残酷で、何もかもを過去にしてしまう。でも、それによって癒える傷もあった。

琴子はデパートを何軒かさがし回ってアイナメを買い、その日の夕食に煮付けを作った。ちびねこ亭の櫂ほど上手には作れないが、かつて兄が作ってくれたように、お酒と生姜をふんだんに使って煮付けた。

お酒と生姜の香りが立ち込めてくると、醤油と砂糖で味を付けた。それから、その煮汁で煮こごりを作り、熱々のご飯を土鍋で炊いた。

でき上がるとお盆でそれを運び、四人掛けのテーブルに、両親と自分、兄の分を並べた。陰膳——琴子なりの思い出ごはんのつもりだった。

家族みんなでアイナメの煮付けを食べ、炊き立てのご飯に煮こごりを載せて味わった。それから、兄の思い出を話した。たくさん話した。話しながら琴子も両親も泣いたが、流れた涙は温かかった。

兄は現れなかったし、声も聞こえなかった。

——この世に来られるのは、今日だけだ。この時間が終わったら、たぶん、もう二度と現世には来られない。

ちびねこ亭で兄はそう言った。その言葉は本当だった。

兄が生きていたころには戻れないが、琴子と両親は前に進もうとしていた。ようやく、進もうと思うことができた。

これも、福地櫂のおかげだ。琴子に立ち直るきっかけを与えてくれたのは、彼の料理であり彼の言葉だった。

だから、琴子は櫂を舞台に呼びたかった。台詞のある役を演じる自分を見てもらいたかった。

実を言えば、一度だけ電話していた。近所の子どもに、ちびねこ亭を教えた。思い詰めた顔をしていたので、つい教えてしまったのだ。

ちびねこ亭に行きたくなったら、一緒に行くから。

そう諭したが、一人で行ってしまいそうな気がして櫂に電話をした。一ヶ月ぶりに聞く声は、相変わらずやさしかった。

「お待たせいたしました。ちびねこ亭です」

その声に混じって、「みゃあ」と猫の鳴き声が聞こえた。ちびの声だ。波の音やウミネコの鳴き声も聞こえてきそうだった。

櫂とちびの姿を思い浮かべながら、琴子は事情を話した。自分の知っている何もかもを、櫂に伝えた。

「分かりました。橋本泰示君ですね。対応いたします。お電話ありがとうございます」

話は終わった。そのときは舞台が決まっていなかったので、見に来てくれとは言わなかった。もう一度電話をかけて改めて誘おうと思っていた。

小さな劇団なので、客は身内ばかりだ。結人が生きていたころはファンが来ることがあったが、今では知っている人間しか見に来ない。念のため、稽古が終わった後で熊谷に櫂を呼びたいと伝えた。

すぐには分からなかったらしく、聞き返された。

「福地櫂？　誰だっけ？」

「ちびねこ亭の人です」

琴子が答えると、昔の記憶を引っ張り出すような顔をした後で、ようやく頷いた。

「ああ、あの店の息子さんか」

その言葉を聞いて、今度は、琴子がきょとんとした。

「ご両親がいらっしゃるんですか？」

子猫しかいなかった。他に人がいる気配もなかった。

「母親がいる。前にも話したと思うけど、店主は五十歳くらいの女性だ」

すっかり忘れていた。兄に会えたことで頭がいっぱいになり、熊谷に改めて言われるまで思い出さなかった。

「七美さん、いなかったのか」

「はい。私が行ったときには、福地櫂さんと猫だけしか」

「そうか……。ブログもやってたんだけどな」

「ブログ？」

「そう。店のブログ。あの店には事情があってな……。まあ、おれが話すより、自分で読んだほうが早い。しばらく見てないけど、まだあるんじゃないかな」

独り言のように言って、そのブログの名前を教えてくれた。

琴子は、パソコンもスマホも苦手だ。持ってはいるが、ほとんど使わない。それでも、そのときばかりは家に帰ってパソコンを開いた。教えられた名前で検索すると、すぐに見つかった。

ちびねこ亭の思い出ごはん。

それが、ブログの名前だった。小まめに更新されているらしく、かなりの記事数があった。内房の海やウミネコ、そして店の写真がアップされていて、入り口の黒板の脇に座っている、ちびの写真もあった。この前見たときよりも、さらに小さかった。「にゃあ」という鳴き声が聞こえてきそうだ。

このブログに、熊谷が言うところの事情が書かれているのだろうか？

それをさがそうと、サイドバーの最新記事の見出しに目を走らせたそのとき。

「――え？」

声を出してしまったのは、最新の記事が二ヶ月以上も前の日付だったからだ。更新が止まっている。何年も週に一度くらいのペースで更新されていたのに、その日付の記事を最後に止まっていた。

不安な気持ちになった。

何かが起こっているような気がした。

居ても立ってもいられなくなり、ちびねこ亭に電話をかけた。櫂の声を聞きたかったのだ。

でも、聞けなかった。

電話に誰も出ない。

留守番電話にさえなっていなかった。呼び出し音だけが鳴り続けた。櫂の携帯電話の番号は知らない。不安な気持ちのまま電話を切った。

「どうしよう……」

スマホに向かって呟いたが、悩んだのは一瞬だった。

行ってみよう。

すぐに決断した。両親に断り、家を飛び出した。まだ夕方前だ。今から行けば、夜になる前に海の町の駅に着く。

琴子は駅への道を急いだ。

東京駅から総武線快速のグリーン車に乗った。前に行ったときと同じ二階建ての車両だ。

二階は満席だったが、一階に行くと、いくつか席が空いていた。窓際の席に座り、スマホを手に取った。櫂の母の書いたブログを読むつもりだ。

ちびねこ亭のある海の町の駅まで約一時間半。すべての記事を読む時間はなさそうなので、古い日付のものから読むことにした。


思い出ごはん、始めました。


そんなタイトルの記事には、ちびねこ亭を始めた理由が書かれていた。七美の夫――つまり櫂の父は、もともと漁師だったが、子どもが生まれるのを機に、地元の製鉄所に転職した。それは、収入のためだった。漁業で暮らしていける時代ではなくなったのだ。

だが海とは縁が切れなかった。漁師をやめても、海を愛し続けていた。

製鉄所が休みになると、魚を釣りに海に出た。漁師だったので、船舶の免許も持っている。小型の船も処分していなかった。

そんなある日、夕食のおかずを釣って来るから、と櫂の父は海に出て行った。そして、帰って来なかった。

夫は、今も海に出たままです。

ブログに書かれていた。行方不明。生きているのか死んでいるのかも分からないまま、二十年もの歳月が流れたのだった。

製鉄所の給料は悪くなかった。無駄遣いする性格でもなかったので、それなりの額の貯金があった。それに加えて、先祖代々の土地のそばに東京湾アクアラインができたおかげで、その土地を高い値段で売ることができた。

当座の生活費に困ることはなくなったが、働かずに暮らせるほどではない。また、七美は遊んで暮らせる性格でもなかった。住んでいる家を改築して、ちびねこ亭を始めた。

生活のための他にも、料理を作る理由があった。

夫の無事を祈って、陰膳を作り始めました。

その陰膳がきっかけで、思い出ごはんが生まれたのだった。夫を思う七美の気持ちが、奇跡を起こしたのかもしれない。大切な人が現れるようになった。

琴子に思い出ごはんを作ってくれたのは、七美ではなく櫂だった。彼も、幼いころに別れた父を思って作っているのだろうか？

ふと疑問に思ったが、その答えは別の日付の記事に書いてあった。


私が退院するまで、息子が食堂をやっています。


七美は入院していた。だから、ちびねこ亭にいなかったのだ。櫂が一人で食堂をやっているのも、思い出ごはんを作っているのも理由も分かった。母が元気で帰って来ることを祈って、思い出ごはんを作っているのだろう。

問題は、その後のことだ。七美がどうなったのか、今、どうしているのか、どこにも書かれていなかった。

手がかりをさがしてブログを読んでいるうちに、電車が駅に着いた。いつの間にか、乗客は車両に琴子一人だけになっていた。ホームに降りると、すでに夕陽が沈んでいた。夜が近かった。

ちびねこ亭は朝ごはんの店で、午前十時をすぎると閉店する。今から行っても、誰もいないかもしれない。櫂に会えないかもしれない。

そう思ったが、足を止めなかった。悩んでいるより行動してしまったほうが、後悔せずに済む。

閑散とした駅を出て南口のターミナルに行き、バスを待たずにタクシーに乗った。一刻も早くちびねこ亭に辿り着きたかった。

タクシーは順調に走った。

道路は空いていて、海まで十五分とかからなかった。砂浜の前で降り、貝殻の小道を急ぎ足で歩いた。

十一月の日は短く、タクシーに乗っている間に、すっかり夜になっていた。しかし暗くはなかった。月が出ているおかげだ。

波の音は聞こえるが、ウミドリの鳴き声はなく、フクロウや夜ガラス（ゴイサギ）も鳴いていない。この世の生き物すべてが寝静まっているような夜だった。自分の足音がうるさく感じた。それを申し訳ないと思っている余裕はない。足を速めて、琴子は歩いた。

すぐに店は見えたが、明かりは消えていた。営業時間外なのだから閉まっていても不思議はないのだが、なぜか店そのものをたたんでしまったような気がした。

誰もいない。そう思ったのだ。櫂もちびも、どこかへ行ってしまったように思えた。

人には別れがある。どんなに相手のことを思っていようと、別れは必ず訪れる。兄のことを思い浮かべ、泰示の初恋の女の子のことを思い浮かべた。会いたいと願っても、もう二度と会えない相手だ。

もう二度と、櫂とちびに会うことはできないのだろうか？

不安な気持ちに押し潰されそうになったが、そうではなかった。その予感は外れていた。まだ、別れのときではなかった。琴子の耳にドアベルの音が聞こえた。

カランコロン。

ちびねこ亭の扉が開く音だ。月明かりを頼りにそっちを見ると、人影が店から出て来た。それは櫂だった。眼鏡をかけていないので別人のように見えるが、間違いなく櫂だ。

カランコロン。

再びドアベルが鳴った。櫂が扉を閉め、鍵をかけている。どこかに出かけるところだったらしく、歩き始める素振りでこっちを向いた。

「……二木さん？」

櫂が驚いている。まさか、こんな時間に訪れてくるとは思わなかったのだろう。

琴子も驚いた。いなくなってしまったと思っていたし、照明の消えた店から出てくるとは思っていなかった。

「あの……。こんばんは……」

間の抜けた言葉しか出て来なかった。

「こんばんは」

燿が応じてくれたが、琴子が現れたことに、まだ戸惑っているみたいだ。

沈黙が流れた。

その沈黙に耐えられなかった。

「お母様のブログを読みました」

琴子は言った。だが、どう続けていいか分からない。燿と会うのは、これが二度目だ。今さらだが、入院している母親のことを聞くような関係ではなかった。

私は何を言っているんだろう——後悔したが、言ってしまった言葉は取り消せない。黙って燿の返事を待った。

「そうですか……」

燿は呟き、それから、報告するように続けた。

「先週、葬式でした」

感情の感じられない静かな声で、自分の母親の死を告げたのだった。燿の母親は死んでいた。

返事ができなかった。心のどこかで予想していたことだが、その言葉は重かった。

お悔やみの言葉さえ言えずに黙っていると、櫂が続けた。

「食事をしに来てくださったのでしたら、申し訳ありません。ちびねこ亭をたたむことにしました。店をやめて、この町から出て行くつもりです」

予感は的中していた。琴子の感じた不安は間違っていなかった。

「ブログをご覧になったのなら、ご存じですよね？　母が死んでしまった以上、陰膳を作る理由はなくなりました」

思い出ごはんではなく、「陰膳」と言った。やっぱり、櫂は母親が帰って来ることを祈って、料理を作っていたのだ。

誰にとっても、母親は大切な存在だ。ましてや、櫂は女手一つで育てられたのだから。

その母親が死んでしまった。兄を亡くしている琴子には、櫂のショックが分かった。心が空っぽになってしまったような気持ちになっているのかもしれない。琴子がそうだった。

「これから、最後の陰膳を作りに行くところです」

櫂は話を切り上げるように言った。そして、「失礼します」と琴子に頭を下げてから、歩き始めた。

琴子の横を通りすぎ、どこかに行ってしまおうとしている。その背中がやけに小さく見えた。すぐそばにいるのに、遠くに見える。櫂をこのまま一人で行かせたくなかった。

「一緒に行ってもいいですか？」

気づいたときには言っていた。自分の言葉に驚いた。店の営業時間外に来たことといい、まるで押しかけ女房だ。頬が熱くなったが、夜の暗さが隠してくれた。

櫂が立ち止まり振り返ったが、月を背にしているせいで表情は分からない。ただ、穏やかに言った。

「構いません。一緒にいらしてください」

こうして琴子は櫂と歩くことになった。二人は夜の海辺を歩き始めた。


少し遅れて櫂の後を歩いた。

彼は手ぶらだった。最後の陰膳を作りに行くと言いながら、材料や調理器具を持っている様子はなかった。また、ちびもいない。店に置いてきたのだろうか。

調理器具やちびのことだけじゃない。他にも、たくさん疑問があった。

朝ごはんの店なのに、こんな夜に料理を作りに行くのか？

どうして、眼鏡をかけていないのか？

ちびねこ亭をやめて、どこに行くつもりなのか？

聞いてみたかったが、琴子は聞かなかった。そんな雰囲気でなかったし、質問しなくても一緒に行けば分かる気がしたからだ。櫂も、何も説明しない。何もしゃべらず、砂浜を通りすぎ、小糸川沿いの道に辿り着いた。

海が見えなくなっても、誰もいなかった。海沿いの町は、相変わらず静かだった。民家はあるが、明かりは灯（とも）っていない。すべてが空き家というわけではなかろうが、話し声もテレビの音も漏れてこなかった。琴子の暮らす東京に比べて街灯も少ない気がする。月明かりだけが頼りだった。

そうして歩いているうちに、歩行者専用道に出た。小糸川に沿うように作られた歩道で、市のホームページにも載っている名所だ。

> 沿岸の緑地部分には約７２０本の桜が植えられ、花の咲くころには河川とマッチして美しい景色が広がります。

桜の他にも、菜の花やアジサイ、コスモスなどが植えられているという。ちなみに、菜の花は千葉県の県花だ。

十一月なので桜も菜の花も咲いていなかったが、橋の周辺はライトアップされており、川面に映る光は美しい。川の底に、もう一つの町があるみたいだった。

いつしか波の音が聞こえなくなっていた。振り返っても、ちびねこ亭は見えない。

そのまま何分か歩いたところで、櫂が遊歩道から出て脇道に入った。街灯もない小道だ。ついて行くと、小糸川が見えなくなり、どこを歩いているのか完全に分からなくなった。初めて歩く町だ。

でも、不思議と不安はなかった。櫂のそばにいれば怖くない。一緒に歩いているだけで安心することができた。このまま永遠に歩き続けたいような気さえした。

だが、二人きりの時間はすぐに終わった。小道に入って五分も歩かないうちに、櫂が立ち止まり、暗闇の向こうを指差した。

「あの家で陰膳を作ります」

月に照らされて、古びた日本家屋が見えた。その隣には畑があったが、暗いこともあり何を植えてあるのか分からない。

「落花生畑です」

櫂が教えてくれた。

落花生は、千葉県の名産物だ。『ぴーなっつ最中』や『落花生パイ』、『ピーナッツサブレー』など、落花生を使った菓子も多く、観光客の人気を集めていて、駅の売店で売られていることもあった。わざわざネットで取り寄せる者もいるという。

だが落花生作りは下火で、国内の落花生作付面積は減少する一方だった。昭和四十年に比べて、十分の一程度の規模になっているらしい。安価な外国産の落花生が増えたためとも言われている。千葉県でも落花生農家は減っていた。

これから訪ねる家の主、倉田芳雄（くらたよしお）は今年八十二歳になった。彼は、落花生農家の一人息子として生まれた。

遠い昔のことだ。昭和時代の東京オリンピックが開催される前、彼の家では、「この町で一番旨い」と評判になるほどの味のいい落花生を作っていた。菓子屋や料理屋が、その落花生を買おうと列を成したという。

しかし、芳雄は農家を継がなかった。彼自身の意思ではなく、両親が勤め人になることを望んだのだ。

「会社勤めのほうが、ずっといい。落花生農家なんぞ、やるものじゃねえ」

芳雄の父親はそう言った。親の言葉に逆らえる時代でもなく、中学校を卒業するとすぐに就職した。地元の工務店や自動車整備工場で働いた後、芳雄は製鉄所に勤めることになった。

その製鉄所は海を埋め立て、昭和四十年（一九六五）に発足したものだ。日本を代表する大企業だった。

そして、その選択は間違っていなかった。芳雄が勤め人になった後も両親は畑を続けたが、輸入物の安い落花生に押されて、商売が成り立たなくなっていた。どんなに旨い落花生を作っても、買い叩かれて黒字が出ないのだ。

芳雄が三十歳になるころには畑の大部分を手放した。家のそばの畑だけ残し、自宅で食べるだけの落花生を作った。この町で一番旨いと言われた落花生は、市場から姿を消した。

「こうなると思っていたさ」

芳雄の父は、力なく言ったという。

やがて月日が流れて、芳雄が嫁をもらった。世津という名前の芳雄より四歳若い女性だった。当時としては遅い三十代になってからの結婚だったが、両親はよろこんだ。

一家は少しだけ賑やかになった。両親と世津の三人で、畑仕事をするようになった。会社が休みの日には、そこに芳雄も混じった。落花生を収穫し、四人で食べた。

「うちの落花生は、旨えだろ」

父は誇らしげに言い、世津が大きく頷いた。

「食べるのがもったいないくらい美味しいです」

その返事がおかしかったらしく両親が笑い、自分の言葉に世津も笑った。少し遅れて芳雄も笑った。

芳雄と世津の間に子どもはできなかったが、笑い声の絶えない時間が流れた。芳雄も、両親も幸せだった。

ずっとその時間が続けばいいと思ったが、それは無理な望みだった。人の寿命にはかぎりがある。世津が嫁に来て十年と経たないうちに、父母が立て続けに病気になった。ともに何年か寝たきりの生活を続けた後に、あの世に逝った。

「すまんな」

両親の葬式を終えた後、芳雄は世津に頭を下げた。いつの間にか、四十代も後半になっていた。子どものできないまま、時がすぎていた。

申し訳ないと思ったのは本当のことだが、何を謝っているのか自分でも分からなかった。年老いた両親の介護をさせたことなのか、それとも、子どもを持てなかったことなのか。

「何を謝っているのですか？」と聞き返されたら、きっと答えられなかっただろう。

だが、世津は聞き返すことなく、穏やかに言った。

「いいんですよ」

その日の会話はそれで終わった。もっと、ちゃんと話せばよかったと後になって思った。

時の流れるのは速いもので、芳雄は会社を定年退職した。六十歳になったのだ。老人と呼ぶには早いが、もちろん若くもない。人生の半分はとっくにすぎている。芳雄も世津も、髪が真っ白になっていた。

芳雄が勤めていたのは日本有数の製鉄所で、時代もよかったのだろう。退職金と厚生年金だけで、定年退職後の暮らしを立てることができた。

だから再就職はせずに、世津と二人で畑仕事に精を出した。畑をやろうと言い出したのは世津だ。

「家で食べる分くらいなら、おじいちゃんとおばあちゃんでも作れますよ」

冗談めかして言ったが、本当にそれくらいしか作れなかった。気がつくと、両親が生きていたころと、世の中はすっかり変わっていた。

近所に落花生農家は一軒も残っていない。みんな、土地を売って、どこかに行ってしまった。仲のよかった連中も引っ越したり、老人ホームに入ったり、他界したりしている。芳雄の家の周囲には、空家ばかりが軒を連ねていた。

親戚付き合いもなくなり、近所に知り合いはいなくなったが、寂しくはなかった。世津がそばにいてくれたからだ。

一緒にスーパーに買い物にも行ったし、図書館に本を借りにも行った。畑仕事で汗をかき、週に一度は外食を楽しんだ。近場だが、旅行に行ったこともある。満たされた暮らしだった。

「来年も何もなければいいな」

「本当ですねえ」

年末が近づくたびに、そんな会話を繰り返していた。静かに暮らす老夫婦の唯一の願いだった。

他のものは何もいらないから、もう少し、世津と暮らしたい。どうか、お願いします。

仏壇や神社に行くと、必ず、そう手を合わせた。

神仏も何年かは、その願いを叶えてくれた。人生のロスタイムのような幸せな時間をくれた。だが、終わりは唐突に訪れた。世津が病気にかかって死んだ。苦しみ抜いた挙げ句、息を引き取った。

年の瀬に妻の葬式をやり、独りぼっちで正月をすごした。死ぬまで続く独りぼっちの日々の始まりだった。

図書館にも外食にも行かなくなったが、畑仕事は続けた。庭の手入れをし、落花生を作り続けた。

収穫した落花生を一人きりで食べた。世津や両親が生きていたころと同じ味がした。何もかもが変わってしまったが、畑で穫った落花生の味だけは変わらない。

そんな暮らしを一年ほど送ったある日、腰に痛みが走った。庭先でのことだ。ぎっくり腰や筋肉痛とは違う痛みだった。確信にも似た予感があった。

芳雄は病院に行き、検査を受けた。そして入院することになった。癌が見つかったのだ。しかも、全身に転移していた。

「治療は難しいと思います」

孫くらいの年齢の若い医者にそう言われた。手遅れということだ。芳雄の寿命も尽きようとしていた。

「母と同じ病気です」

櫂は続けた。琴子は、彼の母親の病名を初めて知った。何か言わなければと思ったが、やっぱり言葉が出なかった。黙っていると、櫂が続けた。

「倉田芳雄さんは、母と同じ病院の病棟に入っていました」

その言葉にひっかかった。過去形だったからだ。今は違うということだ。

「退院されたのですか？」

「一時的な退院です」

「ええと、それはどういう……」

「身体が動くうちに自宅や畑の始末をつけたいと言って、無理に退院してきたそうです」

治ったわけでも、身体の調子がよくなったわけでもないのだ。

「そんなことをして大丈夫なんですか?」

琴子は心配になった。家族がいるのならともかく、芳雄は独りぼっちだ。体調が悪くなっても、一人で対応しなければならない。

「芳雄さんの決めたことですから」

櫂が応じた。他に方法がなかったのかもしれない。話を聞いたかぎり、親戚付き合いも疎遠になっていて、何もかもを——葬式の手配さえ、自分一人でやらなければならないのだから。

「明日には、病院に戻ることになっています」

櫂は事情に詳しかった。母親が同じ病棟に入っているというだけでなく、以前から芳雄のことを知っているような口振りだ。

そう感じたことが顔に出たのだろう。櫂が教えてくれた。

「ちびねこ亭の常連客だったんです」

地元の店なのだから不思議はなかった。話に出てきた週に一度の外食の先が、ちびねこ亭だったみたいだ。

「奥様が亡くなられてからは、店にいらっしゃいませんでしたが、母の見舞いに行ったときに、芳雄さんと再会しました」

そして、思い出ごはんを頼まれたということらしい。人生はどこかで繋がっている。

他人の家を訪ねるには遅い時間だが、夜に来て欲しいというのは芳雄の希望だった。昼間は業者を呼んで、後始末の依頼をしていたのだという。

「家を取り壊し、土地も畑も売ってしまうことにしたそうです」

これも櫂の言葉だ。芳雄は、すべての痕跡を消そうとしていた。落花生畑も、思い出が詰まっているであろう家も更地にしてしまうつもりなのだ。

「参りましょう」

櫂が再び歩き出した。琴子も足を進める。落花生畑の脇道を通り抜け、家に近づいた。

「でも、明かりが……」

家全体が真っ暗で、ひっそりと静まり返っている。寝てしまったのか、それとも誰もいないのか。体調が悪くなって、病院に戻ったのかもしれない。

琴子はそんなふうに思ったが、櫂は足を止めなかった。

「照明を消しているんですね」

何でもないことのように言った。静まり返っているのを不思議に思っている様子はない。それから、夜空を見てポツリと言った。

「受け月ですね」

見上げると、受け皿に似た上弦の月が浮かんでいた。受け月という呼び方は聞いたことがあったし、確かに綺麗な月だが、あまりにも唐突な台詞だった。

聞き返そうとしたが、櫂はもう月を見ていなかった。家の向こう側を見ていた。

「縁側にいると言われています」

琴子に伝え、歩いて行く。ただ玄関には行かず、そのまま庭に回った。慣れた足取りだった。今まで何度か訪れてきているようだ。

辿り着いた先は、昔ながらの広い庭だった。柿の木があり、梅の木があった。花壇らしき植え込みもある。草花は植えられていないが、荒れている様子もなかった。

そして、人影が一つ、縁側に座っていた。近づくと、はっきりと見えた。

枯れ木のように痩せこけていて、顔色も青白く、見るからに病人だ。この老人が、倉田芳雄だった。櫂から話を聞いていたので、紹介される前に分かった。

櫂が挨拶をした。

「こんばんは」

「七美さんの葬式に行けずにすまなかった」

芳雄は挨拶を返さず、いきなり言った。掠(かす)れた声ではあったが、不思議と聞き取りにくくはなかった。

「いえ。お気になさらないでください」

櫂が応じ、だけど葬式の話を避けるように話を進めた。

「台所をお借りします」

これから料理を作るつもりなのだ。

「ああ。好きに使ってくれ」

「失礼いたします」

櫂は、靴を脱ぎ家に上がった。案内を乞わず、勝手知ったる我が家のように廊下を歩いて行く。

そんな櫂をぼんやり見送っていると、芳雄が話しかけてきた。

「お嬢さんは行かんのかね」

ちびねこ亭のアルバイトだと思っているのかもしれない。正確には違うが、ここまで来たのは櫂の力になるためだ。手伝うべきだろう。

「お邪魔してもよろしいでしょうか」

「もちろんだ」

「ありがとうございます。それでは、お邪魔します」

靴を脱ぎ、家に上がった。廊下はひんやりとしていた。

家中の照明が消されていたが、縁側の戸が開けっ放しになっているおかげで、月明かりが届いていて、歩くのに不自由はない。こんなに月の光が明るいものだとは知らなかった。

琴子が追いつくより先に、櫂が突き当たりの部屋の前で止まった。そして戸を引いて、前を歩く櫂の背中も、はっきりと見えた。中に入っていった。

照明をつける音がして、明かりが広がった。戸を開けたままにしているのは、琴子が来るのを待っているのだろう。

櫂の待つ部屋に入った。そこは、台所だった。お勝手と呼ぶのがぴったりする、昔ながらの台所だ。

小さな冷蔵庫が置かれているだけで、電子レンジも電気ポットもなかった。ガスコンロはあるが、年季が入っている。

だが汚れてはいなかった。床も調理器具も、ピカピカに磨き上げられていて、ゴミ一つ落ちていない。掃除したばかりみたいに綺麗だった。

「下ごしらえは済んでいます」

　櫂が言った。一度、ここに来ているのだ。荷物を持っていなかった理由も分かった。食材や鍋も持って来てあるのだ。掃除をしたのも櫂なのかもしれない。

「これから、ご飯を炊きます」

　そう言って、土鍋をコンロに置いた。炊飯器は使わないつもりらしい。ちなみに、その土鍋はこの家のもののようで、コンロに置いた他にも、いくつか土鍋があった。

「何を作るんですか？」

「落花生ご飯です」

　それが、芳雄の思い出ごはんだった。

　落花生はマメ科の一年草で、ピーナッツ、南京豆とも呼ばれる。世界中で広く栽培されており、豆類では大豆に次ぐ産出量を誇っている。

　花が咲いた後、子房の柄(え)が地中に潜って実を結ぶことから、中国で「落花生」という名前が付いた。「らっかせい」は、その音読みだ。

「この落花生は、そこの畑で収穫したものです」

　野菜置き場から殻付きの落花生を取り出しながら、櫂が琴子に言った。落花生には乾いた土がついていた。

「落花生の収穫は手間がかかるんです」

燿はそう言って、収穫方法を簡単に教えてくれた。

「掘り取った後、三から五株をひとまとめにして根を立てて一週間ほど乾かします」

この作業を「地干し」と呼ぶ。そうすることには、もちろん理由がある。

「ひっくり返すことで葉のほうに水分が行って、実が早く乾燥するそうです」

落花生を手に持って振って、カラカラと音が聞こえたら乾燥した証拠だ。だが、それで終わりではない。

「それから円筒上に積み上げて、一ヶ月から二ヶ月、風に当てて自然乾燥させます」

手間も時間もかかる作業だ。入院していた芳雄にそんな作業ができるとは思えないから、燿がやったのだろう。そこには触れず、燿は続ける。

「十一月は、美味しい新豆が出回る時期なんです」

今は落花生の旬に当たるようだ。十一月十一日が、落花生の日だという。

話しながらも、燿の手は動いている。手伝いましょうかと言う暇もなく、一人で落花生の殻を剝いてしまった。ガラスのボウルが淡いピンク色の豆で一杯になった。

「あとは、塩と酒を加えて土鍋で炊くだけです」

「吸水はさせないんですか？」

「ええ。新米なので大丈夫でしょう」

新米は水分量が多い。炊くときも、水を少なめにしたほうが上手にできる。

「米に含まれている水分を活かして炊いたほうが、吸水させるより美味しい気がします」

野菜だって肉だって、余計な水分を加えると味が落ちる。米だけが例外であるはずはないのだ。そう納得していると、櫂が頼みごとをしてきた。

「申し訳ありませんが、戸棚から塩を取っていただけますか？」

「はい」

教えられた木製の戸棚を開けると、陶器の壺がいくつも並んでいた。古びているが、どれも埃一つついていない。梅干しや砂糖の壺もあった。そして、塩の壺はすぐに見つかった。

「これで、いいですか？」

「はい。美味しい落花生ご飯ができます」

いつもの丁寧な口調で言って、琴子から壺を受け取った。指先が櫂の手に触れたが、それは一瞬のことだった。何事もなかったように、櫂が再び料理に取りかかった。

「料理というほど難しいものではありません」

そう言いながら、土鍋に米と水、落花生を入れ、塩と酒を加えた。それから蓋をして、ガスコンロのスイッチをひねった。

「炊き上がるまで、少し時間がかかります」

これで完成のようだ。櫂が琴子の顔を見た。何かを話し始めるのかと思ったが、彼は何も言わなかった。視線を外し、静かに台所の後片付けを始めた。琴子もそれを手伝った。

およそ二十分後、落花生ご飯が炊き上がった。

米と落花生の甘いにおいが、台所いっぱいに広がった。櫂がコンロのスイッチを止めた。だが、すぐには食べられない。

「十分から十五分くらい蒸らします」

米に蒸気を吸い込ませ、ふっくらと仕上げるためだ。その十五分は、あっという間にすぎた。

「味を見てください」

櫂が、落花生ご飯を茶碗に軽くよそってくれた。炒った落花生は食べたことがあったが、炊き込みご飯は初めてだ。

「いただきます」

茶碗を受け取り、落花生ご飯を口に運んだ。

とたんに、落花生の香りが広がった。嚙むと、ほっこりと柔らかい。力を入れなくても嚙み切ることができた。豆の風味と甘さを感じた。

さらに嚙むと、今度は米の味があった。淡泊な米の旨味が、落花生を包み込む。塩と酒が甘さを引き立てている。大地の味がする。田畑が見えるようだった。ほんの一口食べただけなのに、幸せな気持ちになれた。これが、櫂の料理だ。人を幸せな気分にする。アイナメの煮付けを食べたときもそうだった。

「すごく、美味しいです」

思い出が詰まっているであろう畑の落花生を使っている上に、この美味しさだ。間違いなく奇跡は起こる。会いたい人に会える。琴子は確信した。

「芳雄さんに食べていただきましょう」

櫂が、土鍋や茶碗をお盆に載せた。

縁側では、芳雄が月を眺めていた。近づいて行く櫂と琴子に気づいていないかのように、上弦の月を見ている。ぼんやりしているようだが、その目は真剣だった。

櫂がその様子を見て呟いた。

「願い事をしているのでしょうか」

「え?」

「あの形をした月に願い事をすると、叶うという言い伝えがあるんです。受け月と呼ばれているそうですが、ご存じありませんか?」

さっきも同じ言葉を呟いていた。受け月という呼び名は知っていたが、言い伝えまでは知らなかった。

「昔、読んだ小説に書いてあったんです。受け月に祈りを捧げると、皿に水が溜まるように願いが叶う」

そう教えられて芳雄の顔を改めて見たが、老人の表情からは何も分からなかった。

「寒くありませんか?」

櫂が、芳雄に声をかけた。十一月にしては暖かい日だったが、夜は冷え込む。病気の老人には寒すぎる陽気だ。

「部屋に食事を用意いたしましょうか?」

そろそろ家の中に入ったほうがいい、と櫂は考えたのだろう。琴子もそう思ったが、芳雄は首を横に振った。

「大丈夫だ。病室にいるより気持ちがいい」

膝に毛布を載せて、綿入れを着ていた。この場所から動くつもりはないという意志を感じた。思い出の詰まった庭や落花生畑を見ながら、思い出ごはんを食べたいと思っているのかもしれない。

その気持ちは分かった。櫂も無理強いをしなかった。お盆を置き、芳雄に言った。

「食事の用意ができました。落花生ご飯です」

茶碗によそり、縁側に置いた。茶碗は二つあった。

「二人分あります。芳雄さんと世津さんのために作りました」

芳雄の亡くなった妻を弔うために作ったのだった。

櫂の作った思い出ごはんを食べると、死んだ人間が現れることがあった。本物の死者なのか、幻を見ているだけなのか分からないが、琴子の場合、兄と話すことができた。芳雄もそれを望んで、妻と会いたくて、思い出ごはんを注文したのだろう。

だが、芳雄は茶碗に手を伸ばそうとしない。思い出ごはんを食べようとしなかった。箸も手に取らず、二つの茶碗を見ている。

「お召し上がりにならないのですか？」

控え目な口調で、だが不思議そうに櫂が聞いた。すると、芳雄が血の気のない顔を彼に向けた。

その瞬間、琴子は気づいた。やっと、気づいた。芳雄が落花生ご飯を食べない――いや、食べられない理由が分かった。

琴子が口を挟むまでもなく、芳雄がその理由を口にした。

「すまんな。せっかく作ってもらったが、喉を通りそうにない」

食べないのではなく、食べられなかったのだ。

どうして気がつかなかったんだろう。

琴子は自分の迂闊(うかつ)さを呪った。芳雄は全身を癌に侵されて、治療もできずに緩和病棟に入っている身体だ。

どんな容態なのか正確に知っているわけではないが、帰宅を許されるほど安定していても、落花生ご飯を食べられるわけがなかった。喉を通らないのは当たり前だろう。

芳雄の言葉を聞いて、櫂が唇を口を固く結んだ。気づかなかった自分を責めているようだった。

「食べられもせんのに、作らせて悪かった」

再び、芳雄が謝った。最初から食べられそうにないと分かっていたのだ。それにもかかわらず注文したのには理由があった。

「一つは女房――世津のための陰膳だが、もう一つは自分のためだ。少し早い供養だと思って、大目に見てくれんか」

「供養？」

「ああ。自分の葬式のつもりだ。自分が長くないことは分かってる」

琴子も櫂も何も言えなかった。芳雄は独りぼっちで、葬式をやってくれそうな親戚もいない。

「落花生のいいにおいがする。世津の顔が見えるようだ。これで成仏できる……。二人ともありがとう」

櫂に思い出ごはんを頼んだのは、あの世にいる妻を自分の葬式に呼びたかったからなのかもしれない。

会ったこともない世津の姿が、琴子の脳裏に浮かんだ。

芳雄の隣に座っていた。

二人並んで梅の木を見ていた。

もうすぐ更地にされてしまう庭を見ていた。

「これで見納めだ。この家とも、さよならだな」

芳雄の声が聞こえた。琴子は立ち上がり、その場所を離れた。

申し訳ないことをした。

芳雄は、逃げるように廊下を歩いていく琴子の背中に謝った。ちびねこ亭の二人は病気のせいで食べられないと思ったようだが、食事を止められているわけではなかった。医者には、身体に負担のかからないものなら食べたほうがいい、と言われていた。

最初は、一口だけでも食べるつもりでいた。だが、落花生ご飯を見たとたん、胸がいっぱいになってしまった。この先、独りぼっちで生きていても仕方がないと思ったのだ。

もう十分だ――そう思った。世津のいなくなった世界で、独りぼっちで生きることは苦痛だった。今すぐにでも、あの世に逝きたかった。

世津がいなくなった日のことは、今でも、はっきりとおぼえている。寒い冬のことだった。腰が痛い、と世津が言い出した。滅多に泣き言を言わない妻が辛そうな顔をしていた。

年を取ると、骨が脆くなる。骨折でもしたのかと芳雄は心配し、近所の小さな個人病院に連れて行った。

だが、そこでは診察をしただけで治療はしてくれなかった。

「ちゃんと検査を受けたほうがいい」

医者は深刻な顔で言い、隣町にある大病院に回された。そして、精密検査を受けた。そのときは家に帰ったが、その翌週、悪い病気に罹(かか)っていると言われた。すでに手術もできないほど、妻の身体は蝕(むしば)まれていた。

「残念ですが」

そう宣告された瞬間、目の前が真っ暗になった。いったん家に帰ることになったが、どうやって帰ったのかさえ記憶になかった。ただ、世津に言われた台詞はおぼえている。

「とうとう、この日が来てしまったんですね」

すでに覚悟をしているようだった。芳雄が黙っていると、さらに言った。

「あなた、すみません。これから少しの間、ご面倒をかけます」

諦めちゃいかん。

謝らないでくれ。

少しの間なんて言わないでくれ。

そう言いたかったが、言葉が出ない。世津を助けたかったが、どうすることもできなかった。そして、病気はゆっくりと絶望的に進行した。

しばらく入退院を繰り返した後、緩和病棟に入った。治療ではなく、苦痛を和らげることを目的とする病棟だ。

「痛くないのは、ありがたいわ」

世津がポツリと呟いた。芳雄は、やっぱり何も言えない。励ましの言葉さえ思い浮かばなかった。

「昨日は楽しかったわ。あなた、ありがとう」

緩和病棟に入る前に町を見たい、と世津が言い出した。芳雄は頷き、妻を連れて出かけた。最後の散歩――いや、デートだ。

マザー牧場に行き、甘くて冷たいソフトクリームを二人で食べた。遠足らしき子どもたちが走り回っていた。

それから、人見神社に行った。この町の鎮守の氏神だ。高台からは市街地一帯を見渡すことができた。社に手を合わせ、芳雄は祈った。

世津が苦しまないように。

声に出さず、鎮守の氏神に願った。他に願いは思い浮かばなかった。本当は元気になって欲しかったが、無理な願いだと知っていた。ただ、妻が痛い思いをしないようにと祈った。

その翌日、病院に行く日には早起きをして、世津と鹿野山に行った。そこから見下ろす九十九谷に発生する雲海を見に行った。

タクシーを使い、夜明け前に鹿野山に着いた。夜が明け始めると、雲が太陽の色に染まった。墨絵のような美しい風景だった。まるで雲の上にいるようだ。

「天国って、こんな感じなんですかね」

世津は言った。芳雄は答えることができなかった。世津も返事を期待していなかったらしく、静かに雲海を見ていた。そのまま何分か何十分かが経った。

「そろそろ時間ね」

世津は言った。二人の時間は終わった。家に帰らず、妻は病院に入った。生きて退院することのない入院だった。

芳雄は病院に通った。毎日、朝から見舞いに行った。相変わらず無口で、しゃべるのは妻ばかりだった。人生が終わりかけていることを知りながら、世津は泣き言一つ言わなかった。苦しいだろうに、痛いだろうに、怖いだろうに、弱音を吐かなかった。

それどころか、芳雄に笑ってみせた。


私ばかり看病してもらって、ごめんなさい。

あなたのことを看取れなくて、ごめんなさい。

でも、最期まで、あなたと一緒にいられて本当に幸せ……。

強い鎮痛剤を処方されていたので、妻の言葉はいつも尻切れトンボだった。目を覚ましている時間が、日一日と減っていった。

芳雄は、世津の寝顔をいつも見ていた。残された時間を抱き締めるように、妻とすごした。

話せなくてもよかった。眠っていてもよかった。一緒にいるだけで満足だった。世津を死なせないでくれ、と神に祈った。このまま時間を止めて欲しかった。

やっぱり、神は願いを聞いてくれなかったし、時間も止まらなかった。とうとう、その瞬間が訪れた。

最期の言葉は、はっきりとおぼえている。三日間、昏睡した後のことだ。

「ねえ、あなた」

いつもと変わらない声で芳雄を呼び、世津は言った。お願いがあります、と。

私が死んだら独りぼっちになっちゃうけど、落ち込まないで欲しいの。

私が死ぬのを悲しまないで欲しいの。

元気を出して、あなたの好きなものを食べて、あなたの好きなことをやって、私の分まで楽しんで欲しいの。

お墓参りも来なくていいから。

お線香もあげなくていいから。

あなたと一緒に暮らせて幸せだったから。

今も幸せ……。


世津は小さく微笑み、ゆっくりと目を閉じた。そして、二度とまぶたを開かなかった。

決められた手順で医者が脈を取り、心音を確認し、瞳孔に光を当てた。それから、芳雄に頭を下げた。

「ご愁傷様です……」

臨終を伝える声が、芳雄の耳を通り抜けていった。世話になった礼も言わず、芳雄は泣いた。医者と看護師が病室から出て行った後も、声を上げて泣いた。涙と嗚咽は止まらなかった。

走馬灯のように、妻との思い出が駆け巡った。昔の映像を見ているみたいに、二人ですごした日々が脳裏に浮かんだ。

五十年も昔のことだ。世津とは、知り合いの紹介で会った。見合いのような席だった。

そのとき、芳雄は新調したばかりの紺色のスーツを着ていた。散髪にも行き、精いっぱい自分をよく見せようとしていた。

世津は花柄のワンピースを着て、少し恥ずかしそうな顔で座っていた。その姿は可憐で、目を離すことができなかった。一目惚れだった。写真を見たときから、芳雄は世津のことを好きになってしまっていた。

なけなしの勇気を振り絞って、その場で交際を申し込んだ。

「また、会ってもらえますか?」

それだけの台詞を言っただけなのに、喉がカラカラになった。

「は……はい」

世津は小声で頷いてくれた。頬が赤く染まっていた。その姿も可憐だと思った。

そうして何度か会うことができた。食事をして散歩するくらいのデートだったが、世津と一緒にいられるだけで胸が高鳴った。ずっと一緒にいたいと思った。会うたびに、その気持ちは大きくなった。

月の綺麗な夜のことだった。東京湾観音を見に行った帰り、小糸川沿いの道を歩きながら、自分の気持ちを伝えることにした。

周囲には、誰もいない。暗い川面に、月が映っていた。皿のような形をした細い月が空に浮かんでいた。

芳雄はその月を見つめながら声に出さず、「上手くいきますように」と祈った。皿のような形をした月に、「ずっと一緒にいられますように」と願をかけた。それから、世津に言った。

「嫁に来てもらえませんか？」

気の利かない台詞だが、精いっぱいの――一世一代のプロポーズだった。

世津は、すぐには返事をしなかった。何秒か黙り込み、それから吹き出すように笑った。

その瞬間、暗い気持ちになった。

やっぱり駄目だったか――そう思った。

芳雄は浅黒い顔をしていて、目が細く鼻も低い。男前ではなかった。そんな男が、美しく若い世津にプロポーズをしたのだ。笑われても仕方あるまい。

芳雄の考えを裏書きするように、世津が謝った。

「ごめんなさい」

完全に振られたと思った。芳雄は落ち込み唇を噛んだが、世津の言葉には続きがあった。

ありがとうございます。

私のことを好きになってくれて、本当にありがとうございます。

幸せすぎて笑ってしまいました。

あなたとなら、ずっと笑いながら暮らせそうです。

私もあなたのことが——芳雄さんのことが大好きです。

あなたのお嫁さんにしてください。

私と夫婦になってください。


それは、プロポーズの返事だった。月の光が目に入り、涙が滲んだ。

あまりの出来事に言葉を失っていると、世津が顔をのぞき込むように問いかけてきた。

「……駄目ですか？」

返事を待っているのだ。芳雄は慌てて答えた。

「は……はいっ！　いえ、駄目じゃなく——結婚してください」

その言葉がおかしかったのだろう。再び世津は吹き出し、それから芳雄の手を握った。

しっかりと握ってくれた。

このときから、二人は夫婦になった。受け皿に似た上弦の月が、芳雄の願いを叶えてくれたのだ。

その世津が、この世からいなくなった。

芳雄を残して、あの世に逝ってしまった。

――次は、自分の番だ。

火葬場で世津の骨を拾いながら、そう思った。両親が死に、世津が死に、もう芳雄しか残っていない。誰の身にも、死は確実に訪れる。運命は巡ってくる。

それは考え違いではなかった。その順番が回ってきた。芳雄は病気になった。それも妻と同じ病気で、余命はわずかだという。治療することもできないと言われた。そんなところまで一緒だった。

本当は、この家で死にたかったが、わがままは言えない。家を汚したくなかったし、誰かに死体を片づけさせたくもなかった。

「病院で死ぬのも悪くあるまい」

自分に言い聞かせるように呟いた言葉は、芳雄の本音だった。世津も、芳雄の両親も、その病院で息を引き取っている。生まれたのも、あの病院だった。

「家みたいなもんだ……」

だから、病院に戻って寿命が尽きるのを静かに待とうと思った。

もう二度と、この家に帰って来ることはないと分かったから、土地も畑も処分することに決めた。その金は、寺に渡すように言ってある。死んだ後のことも頼んだ。両親や世津の骨壺の隣に、自分の遺骨を並べてもらうのだ。

——心残りはない。

そう言いたかったが、一つだけ気にしていることがあった。世津のことだ。世津にどうしても聞きたいことがあった。

芳雄はため息をつき、今に戻ってきた。薬のせいなのか、ときどき意識が途切れる。昔の思い出に浸ってしまう時間が増えた。客がいるのも忘れて、世津のことを考えてしまった。

そんな芳雄のそばには、櫂が立っていて、目の前の落花生ご飯は冷めていた。湯気も出ていない。

旬の落花生を炊き込んだ飯は冷めても旨いが、やっぱり食べる気になれなかった。夜も更けた。若者二人を留めておく理由はない。

「今日はすまなかった」

改めて謝った。帰ってもらおうと思ったのだ。

そのときのことだった。足音が近づいてきた。その足音は軽く、女のものだった。一瞬、世津が現れたのかと思ったが、もちろん違った。

　櫂と一緒に来た若い女性——琴子だった。土鍋を持っていた。お盆に載った土鍋から、ゆらゆらと湯気が立っている。新しい料理を作ってきたようだ。

　驚いたのは芳雄だけではなかったらしく、櫂が問いかけた。

「二木さん、それは……？」

「勝手な真似をしてすみません。芳雄さんに食べていただきたくて——」

　喉を通りそうにないと言ったのに、食べ物を押し付けるつもりなのだ。芳雄は不快な気持ちになった。今さら、無理に食べるつもりはなかった。

「さっきも言ったが——」

　そう言いかけて、その香りに気づいた。しょっぱくて、酸っぱいにおいが、芳雄の鼻に届いた。

「こ、これは……？」

　聞くと、琴子が申し訳なさそうな顔をした。

「梅干しのお粥です」

　そう答え、頭をペコリと下げた。

「すみません……。戸棚の梅干しを勝手に使ってしまいました」

琴子が使ったのは、思い出の梅干しだった。

——梅干しは身体にいいから。

世津が口癖のように言っていた。「一日一粒で医者いらず」と昔から言われていて、例えば、梅干しを見ただけで唾液の分泌が盛んになるが、その唾液中には発癌物質の毒性を抑制する効果が含まれているという。

「毎日、食べるといいのよ」

世津は、そう信じていた。

琴子が使った梅干しは、世津が生きていたころに漬けたものだ。庭の木に実った梅を干して漬けていた。塩だけで漬けた白干梅(しらぼし)だ。常温で保存しても腐ることがない。二十年物の梅干しが売っているくらいである。

その梅干しを使って、世津はいろいろな料理を作ってくれた。その一つ一つをおぼえている。

梅かつお。

じゃこと梅の混ぜご飯。

豚肉の梅しそ巻き。

どれも旨かった。世津は料理上手で、洋食好きの芳雄のために洒落た料理を作ってくれたこともあった。

ツナと大葉、梅干しのスパゲッティ。

梅干しとチーズのピザトースト。

すり潰した梅干しを酒と砂糖で煮て、カリカリに焼いたトーストに載せて食べたこともあった。

「このジャムは旨いな」

芳雄が言うと、世津はくすりと笑った。

「ジャムじゃなくて、梅びしおですよ。大昔からある食べ物じゃありませんか」

江戸時代からあるという。芳雄は感心し、世津はまた笑った。

食べることは、生きること。

生きることは、食べること。

梅干しには、たくさんの思い出が詰まっていた。梅干しの粥も、世津が作ってくれた料理の一つだった。芳雄は風邪を引きやすく、冬になるとよく寝込んでいた。すると、梅干しの粥を作ってくれた。

「これを食べれば、ちゃんと治るから」

食欲がなくとも、世津の作った梅干しの粥だけは食べることができた。風邪も、本当に治った。

「お取り分けします」

そう言ったのは櫂だ。それまで黙っていた櫂が、琴子から土鍋を受け取り蓋を開けた。湯気が上がり、梅干しの酸っぱいにおいが濃くなった。甘い粥の湯気と一緒に鼻に届いた。渇き切っていた口の中に唾液が湧き、ゴクリと喉が鳴った。

「どうぞ」

櫂が粥をよそってくれた。真っ白な米に、梅干しの果肉がちりばめられている。米も梅干しも美しかった。

「ああ……。すまん……」

呟くように言って、温かい茶碗を受け取った。梅干しの酸味に誘われるように、匙で粥をすくって口に運んだ。

熱かった。だが、火傷するほどではない。快い熱さだ。口の中が温かくなった。

粥は柔らかく、芳雄でも嚙むことができた。嚙むたびに酸味の利いた梅と米の甘さが、口いっぱいに広がった。

そして、用意されていたのは、芳雄の分だけではなかった。横を見ると、座布団が置かれ、梅干しの粥が茶碗によそってあった。世津の分だと分かった。食べることに夢中になっていて気がつかなかったが、櫂と琴子が用意してくれたのだろう。

　思い出ごはん。

　梅干しの粥は、まさにそれだった。芳雄は一膳分の粥を平らげた。旨かった。何から何まで世話になった。

〝ありがと……〟

　ん？　声がおかしい。妙に、くぐもっていた。喉がおかしくなったかと咳払いをしたが、その咳もくぐもった音がした。身体の不調とは違う気がする。

　隣を見ると、櫂と琴子の姿が消えていた。どこに行ったのだろうかと視線をさまよわせ、そして異変に気づいた。庭にも廊下にも、靄がかかっていたのだ。濃い靄だ。しかも、夜なのに、なぜか朝靄のように見えた。また、一面真っ白なのに、月と梅の木だけがはっきりと見える。

〝何が起こっているんだ……〟

　途方に暮れて呟くと、動物の鳴き声が聞こえた。

〝ミャーオ〟

〝ウミネコ？　まさか〟

この家は海まで離れていて、今までウミネコがやって来たことはなかった。

だが、鳴き声が聞こえたのだから、そこら辺にいるのだろう。ウミネコをさがそうと視線を向けると、庭先に猫が座っていた。キジ白柄の子猫だ。芳雄の顔を見て鳴いた。

〝みゃあ〟

その鳴き声に聞きおぼえがあった。顔つきや柄の模様にも見おぼえがある。

〝ミミ?〟

猫の名前が、芳雄の口から零れ落ちた。世津が元気だったころに飼っていた猫だ。台風の夜のことだった。小さな猫が大雨に打たれてずぶ濡れになって、玄関の前で鳴いていた。

――かわいそう。

世津の一声で、倉田家の猫になった。ミミと名付けたのも妻だった。耳が大きかったからだ。世津は、ミミのことを我が子か孫のように可愛がっていた。

だが、猫の寿命は短い。あっと言う間に人間を追い抜かしていった。世津の病気が見つかる半年前に死んでしまった。

そのミミが現れた。そして、奇跡はそれだけではなかった。信じられないことが起こったのだった。

〝あなた〟

声をかけられた。忘れることのできない声だ。しかも、その声は芳雄のすぐとなり、思い出ごはんを置いてあるあたりから聞こえた。

慌てて、そっちを見た。

世津が縁側の隣の席に座っていた。

死んだ妻が、芳雄の前に現れたのだった。

入院する前の妻だった。白髪頭だが、頬は瘦けておらず、少しふっくらとしている。

芳雄は驚いたが、目の前で起こっていることを受け入れた。自分を迎えに来てくれたと思ったのだ。早くあの世に逝きたいという願いが叶ったと思った。

〝そうじゃないわ。早とちりしないで〟

芳雄の考えていることが分かるらしく、世津は首を横に振った。間違いをたしなめるような口調だった。

〝迎えに来たわけじゃないの。あなたの寿命は、まだ残っているわ〟

〝……そうか〟

芳雄は肩を落とした。やっぱり、この家では死ねないようだ。

しかし、長くはがっかりしていなかった。芳雄は、人生が思い通りにならないことを知っていた。

世津に会えただけでいい。伝えておきたいことがあった。

あの世でも一緒にいて欲しい。もし来世というものがあるのなら、そこでも自分の妻になって欲しい。そう伝えたかった。

本当は、世津が生きているうちに言いたかった言葉だ。病院で何度も言おうとしたが、結局、言えずじまいに終わった。言えなかったのには訳がある。照れくさかったこともあるが、他に理由があった。

夫婦には、子どもがいない。ずっと、子どもができなかった。芳雄のせいだ。幼いときに高熱を出し、子どもを作れない身体になっていた。医者にも、そう言われている。

芳雄自身は、子どものいない暮らしを寂しいと思ったことはないが、妻は子どもが欲しかったのではなかろうか。

世津は子ども好きで、公園やスーパーで子どもを見かけるとニコニコしていた。新聞に折り込まれた子ども服のちらしを見ていたこともあった。芳雄は、そんな妻に声をかけることさえできなかった。

来世でも一緒になりたいが、また子どもができなかったら申し訳がない。また寂しい思いをさせてしまう。そう思うと、言葉が出なくなった。

自分は、世津のことを愛している。幸せになって欲しかった。

だからこそ、愛の言葉を言えなかった。出会わなければよかった。プロポーズしなければよかったと思う夜もある。

その気持ちがよみがえり、芳雄はうつむいた。自分のせいで、世津を不幸にしてしまったと思うと、たまらない気持ちになった。どうしようもなく悲しくて、顔を上げることができない。夜は、人を悲しい気持ちにさせる。

顔を上げることができなかった。うつむいたまま足下を見ると、心なしか靄が薄くなっていた。いくじなしの芳雄に呆れて、世津があの世に帰ろうとしているのかもしれない。

と、そのとき、猫が鳴いた。ミミの声だ。

〝にゃあ〟

何かを知らせようとしているような鳴き方だった。野良猫だったからか人の気配に敏感で、誰かが来たとき、こんなふうに鳴いていた。

そのころのことを思い出して懐かしい気持ちになったが、悲しみは去らなかった。芳雄が顔を上げられずにいると、世津でもない、琴子でもない女性の声が話しかけてきた。

温かいうちに召し上がってくださいな。

はっとして顔を上げた。この声にも聞きおぼえがあった。間違いない。聞こえてきたのは、死んだはずの櫂の母親・七美の声だった。

靄が再び濃くなった。声は聞こえたが、姿は見えない。だが、この靄の向こうに七美がいるような気がした。

その姿を見つけようと目を凝らしていると、また声が聞こえた。

冷めちゃいますよ。

その瞬間、思い出したことがあった。ちびねこ亭の噂だ。死者が現れることがあるが、ずっといるわけではないという。

大切な人と会えるのは、思い出ごはんが冷めるまでで、湯気が立たなくなると、いなくなってしまう。

時間にはかぎりがあるのだ。すべての物事には終わりが訪れる。人の一生は儚い。人生の最期に、思い残すような真似をしたくないと思った。あの世があるとしても、世津と同じところに行けるとはかぎらないのだ。

でも、躊躇いは消えなかった。それほどまでに、子どものできないことを気にしていた。

すると、七美の声がまた言った。

世津さんも待っているんじゃないかしら。


世津が待っている？

こんな自分の言葉を待っていてくれるのか？

信じられなかったが、信じたかった。世津の顔をおそるおそる見ると、やさしく微笑んでいた。呆れている表情ではなかった。自分を待っているように思えた。芳雄は心を決めて口を開いた。

〝そっちの世界でも、一緒にいてくれ〟

それが伝えたいことだった。二度目のプロポーズだ。初恋の相手も世津なら、人生の最期に好きになったのも妻だった。ずっと好きだった。死んでしまった今も、世津を愛している。

芳雄が言葉を発した瞬間、音が消えた。七美の声も、ミミの鳴き声も聞こえなくなった。靄のように濃い沈黙だった。

しかし、その沈黙はすぐに破られた。世津が口を開いたのだ。

〝今さら何を言っているんですか〟

穏やかな声だったが、芳雄を叱っているようでもあった。

夫に向かって、妻は続ける。

〝夫婦(めおと)約束は、二世の契(ちぎ)りですよ。あの世でも、来世でも夫婦に決まっているじゃありませんか〟

〝じゃあ……〟

〝当たり前ですよ〟

世津は頷き、それからこう言った。

〝私も、あなたに伝えたいことがあります〟

あなたと暮らせて幸せでした。

ずっと笑いながら暮らすことができました。

本当にありがとう。

私を好きになってくれて、ありがとう。

こんな私にプロポーズしてくれて、ありがとう。

もう一度、プロポーズをしてくれて、ありがとう。

私も、あなたを愛しています。

芳雄さんのことが大好きです。

私の夫は、あなただけです。


世津が名前を呼んでくれた。

芳雄さんと言ってくれた。

プロポーズを受けてくれた。

愛していると言ってくれた。

大好きだと言ってくれた。

芳雄の目から涙が溢れた。返事をしようと思ったが、言葉にならない。ただ、幸せだと思った。本当に幸せだ。世津と出会えて本当によかった。妻を好きになってよかった。

梅干しの粥が冷めた。世津は、さよならも言わずに消えた。芳雄を置いて、あの世に帰ってしまったのだ。

だが、悲しくはなかった。死んだ後も、世津と夫婦になれると分かったからだ。プロポーズを受けてくれた世津の言葉が、耳に残っていた。

芳雄は、自分の頰に触れた。泣いたはずなのに、少しも濡れていなかった。いつの間にか、朝靄も晴れていた。庭に目をやるとミミも消えているし、七美の声も聞こえない。その代わり、櫂と琴子がそばにいた。

「温かいお茶をどうぞ」

櫂が、ほうじ茶を淹れてくれた。香ばしいにおいが、湯気と一緒にたゆたっている。何事もなかったかのように、時が流れていく。

夢を見たのだろうか？

湯呑みの湯気を見ながら、芳雄はそんなことを思った。世津が座っていたはずの座布団は窪んですらいなかった。何の痕跡も残っていない。

首をひねっていると、琴子が毛布を肩にかけてくれた。そして、「冷えますから」と、遠慮がちに言った。

「すまんな」

礼を言ったとき、あの声がまた聞こえた。

〝若い人たちにやさしくしてもらって、あなた、幸せね〟

世津の声だ。だが、周囲を見ても、世津はどこにもいない。空耳かと思った次の瞬間、世津の声がまた言った。

〝夢でも空耳でもいいじゃありませんか〟

それもそうか。

そう思った。夢でも空耳でも、世津と話すことができたのだから幸せだ。芳雄は満たされていた。

自分も、もうじき逝く。持って三ヶ月か半年だろう。だが、もう死にたいとは思わなかった。

あの世で世津に会えたら、一人で暮らした日々のことを話そうと思った。

今日のこと、明日のこと、明後日(あさって)のこと。

生きているかぎり、この世の出来事を胸に刻み、あの世の妻への土産にしよう。世津は、この世界を愛していた。きっと、自分がいなくなった後のことを聞きたがる。話してやるのが、夫の務めだ。芳雄自身、妻に話したかった。

芳雄は口下手で、舌も回るほうじゃない。言葉に詰まってしまうことも多い。でも、世津は話を聞いてくれるだろう。あの世では、たぶん時間はたくさんある。のんびり話せばいい。

これも、すべて思い出ごはんのおかげだ。二人の若者のおかげだ。だから最後に礼をしようと思い、芳雄は櫂と琴子に言った。

「世津の漬けた梅干しをもらってくれんか」

二人に食べて欲しかったし、可能であれば、ちびねこ亭で使ってもらいたかった。

「これは大切なものなのでは――」

櫂が遠慮した。昔から控え目で、やさしい子どもだった。父親がいなくなった後、大学にも行かずに母親を支えていた。

その母親が入院してからは、毎日、見舞いに来ていた。母親の死はショックだっただろう。だが、櫂を慰めるのは、芳雄のような年寄りの役割ではない。

「明日、病院に戻る。この家には、もう帰って来られん。ここに残しておいても、捨てられるだけだ」

家を壊して売り払う手配も終わっていた。残してあるものは、すべて捨ててくれと言ってある。未練を残さないためだ。

「病院にお持ちになっては、いかがでしょうか」

櫂が言ってきた。母親が入院していただけあって、緩和病棟のルールをよく知っていた。

緩和病棟では、病気を治すのではなく痛みや苦しみを和らげてくれる。普通の病室に比べれば融通が利き、よほど身体に障らないかぎり、好きなものを食べることができた。医者に頼めば、梅干しを持って行くことも許されるかもしれない。

でも、持って行くつもりはなかった。病院で梅干しを食べても、世津は現れないだろう。

「二人にもらって欲しい」

自分が持っているより、この若い二人にあげたほうが、世津がよろこぶような気がした。

「遠慮なくいただきます」

櫂が言い、琴子が慌てた様子で頭を下げた。

「ありがとうございます」

芳雄は、ほっとした。梅干しの行先が決まったことに安心した。最後の仕事を終えたように思えた。

〝大げさね。まるで子どもの嫁ぎ先を決めたみたい〟

そんな言葉と一緒に、世津の笑顔が思い浮かんだ。妻は、いつだって笑っていてくれた。最期の瞬間まで笑っていた。

人は悲しくても笑うことができる。誰かのために笑うことができるからこそ、人間なのだろう。

「ありがとう」

芳雄は、この世のすべてに礼を言った。そして、笑った。

ちびねこ亭特製レシピ

# 梅干しジャム（梅びしお）

材料

・梅干し　８粒（目安）
・酒　適量
・砂糖　適量

作り方

1　梅干しは、水に一晩漬けて塩抜きをする。
2　１の梅干しから種を取り除いて、包丁でよく叩く。器具があるのなら裏ごしする。
3　２を鍋に入れ、酒と砂糖を加えて加熱する。焦げないように気をつけながら練り上げて完成。

ポイント

酒の代わりにみりん、砂糖の代わりにオリゴ糖や水飴を使ってもできます。みりんを使う場合には、砂糖の量を好みで調整してください。

# ちび猫と定食屋のまかない飯

## かずさ和牛

霜降りでも、あっさり食べられる牛肉として人気が高い。融点が低いため、舌の上でとろけるような食感を楽しめる。

また、君津市にある『かずさ和牛工房』では、昔ながらのお肉屋さんのコロッケ・メンチ・ハンバーグ、さらには、すき焼き・ステーキ・和牛炙(あぶ)りにぎりを食べることができる。

櫂の手元には、一冊のノートがある。

そこには、レシピと常連客についてのメモが書いてある。琴子の兄や芳雄の名前も載っていた。これを書いたのは櫂ではなく母だ。ちびねこ亭を始めると同時に書き始めたものだった。

仕事の合間や閉店後に、店のテーブルで書いていた。どんなに疲れていても欠かすことがない日課だった。

一休みしてから書けばいいのにと言ったことがあったが、母は頷かなかった。

「忘れちゃうといけないから」

やがて病気が見つかると、そのノートを櫂に託した。

「ちびねこ亭のことは、ここに書いてあるから」

自分の身に何かあったときのことを考えて、息子のためにノートを作っていたのだ。

そのノートは分かりやすく、おかげで店を続けることができた。ちびねこ亭のすべてが書いてあった。

「元気になって戻って来るから、ちびねこ亭をお願いね」

何度目かの入院が決まったとき、母は櫂に言った。すでに手術ができないくらい癌は進行していたが、近所のスーパーにでも行くような調子だった。

「すぐ帰ってくるわよ」

そう言われたが、櫂は返事ができなかった。母が入るのは緩和病棟なのだ。治療をするための入院ではない。二度と帰って来られない可能性も高く、覚悟をしておくように、と医者に言われていた。

そのまま返事をせずにいると、今度は、子猫に話しかけた。

「ちび、あなたもいい子にしてるのよ」

「みゃあ」

ちゃんと返事をした。子猫がこくりと頷いたように見えた。猫は不思議な動物だ。人間の言葉が分かっているとしか思えないときがある。

母は、子猫との会話を続ける。

「櫂の面倒を見てあげてね」

「みゃあ」

真面目に応えた。任せておけ、と言っているように感じた。一端（いっぱし）の保護者のような顔をしている。

　もちろん、子猫に面倒を見られるわけがない。母は冗談で言ったのだろうが、櫂を心配する気持ちはあっただろう。普通の子どもより、櫂は心配をかけていた。

　二十四年前、櫂は月足らずで生まれた。そのせいなのか分からないが、身体が弱かった。成人するまで生きられないのではないか、とまで医者に言われたという。

　両親は元気に育つように、力を尽くしてくれた。病院に連れて行くだけでなく、神頼みをしてくれた。神社仏閣だけでなく、受け月のたびに上弦の月にも願った。

「この子の身体を丈夫にしてください」

　願いは叶い、櫂は少しずつ丈夫になった。いつのころからか風邪を引くことすらなくなり、大人になることができた。

　だが、その代わりに父がいなくなった。海に出たきり帰って来なかった。父と引き換えに、自分の身体が丈夫になった気がした。

　父を失った母が始めたのが、ちびねこ亭だ。小さな猫を飼っているというだけで付けた名前だ。おかしな名前だが、その分、みんなにおぼえてもらえた。

「最初は『うみねこ食堂』にしようと思ったけど、似たような名前の店が全国にあったから」

母は言っていた。確かに、近所にもそんな名前の食堂がある。いい名前だが、他の店と混同されていたかもしれない。

ちなみに、そのとき飼っていた猫は、櫂が中学生のときに死んでしまった。寿命だったようだ。ある日、突然、動かなくなった。

その後、猫のいない状態が続いたが、母が入院する半年くらい前、二代目のちびが我が家にやって来た。海辺に捨てられていたのを、母が拾って来たのだ。

「ちびねこ亭なんだから、やっぱり猫がいないとね」

そんなことを言って、拾ってきたばかりのちびの頭を撫でた。子猫は幸せそうな顔をしていた。

子猫を飼うことができるくらいには、店は繁盛していた。不思議な陰膳——思い出ごはんのおかげだ。

母が父のために作っていたのが、死者を弔う料理として評判になった。それを食べると、不思議なことが起こるのだ。

思い出がよみがえる。

弔おうとした死者と話すことができる。

ときには、死者が現れる。

でも、そのすべては伝聞だ。母にも櫂にも、死者の姿は見えない。声が聞こえることもなかった。そして、両親に会おうと、思い出ごはんを作っても現れなかった。

母が死んでしまった以上、待つべき人間はいなくなった。父のことは、とっくに諦めている。

この町から出て行こう。

ちびを連れて旅に出よう。

櫂はそう決めた。四十九日が終わるのを待って、この町から出て行く計画を立てた。そして、母の葬式が終わった後、店の入り口に置いてある黒板の文字を消した。

ちびねこ亭
思い出ごはん、作ります。

少し躊躇(ためら)って、子猫の絵も消した。跡も残らず綺麗に消えた。

文字も絵も、もともとは母が書いたものだ。チョークが薄くなるたびに、櫂は手を加えた。最後には、ほとんど櫂の書いたものになっていた。

この黒板には、思い出が詰まっている。だが、店を閉めるのだから、もう黒板はいらない。店と一緒に処分してしまうつもりだった。

店の入り口の扉に「閉店しました」の札をかけると、やることがなくなった。テレビやネットは、母が生きていたころからほとんど見ない。こんなときに会いたくなるような友人もいない。いや、一人だけいるが、彼女は友人ではなく客だ。しかも別れを告げていた。やることがないのだから寝ていればいいのに、夜明け前に目が覚めてしまう。店を開けていたころの習慣だ。

母がいたころのちびねこ亭は、朝ごはんだけの店ではなかった。昼食も夕食もやっていた。営業時間を変更したのは櫂だ。午後から母の見舞いに行きたくて、朝だけの営業にした。少しでも長く母と一緒にいたかった。

初めは夜だけの営業にしようと思ったが、母が朝ごはんを大切にしていたことを尊重したのだ。

「朝ごはんは一日の始まりよ。新しいスタートを応援したいの」

母の口癖だった。近所にある製鉄所は夜勤もあって、仕事帰りに食べていく人間もいて、朝食は需要があった。

でも、それも終わった。待っていても、母は帰って来ない。一緒にいられる時間は終わってしまったのだ。

「そろそろ、ごはんの時間ですね……」

その日の朝、櫂は呟いた。自分の食事ではなく、猫に餌をやる時間だ。

ちびは母の部屋で寝ていた。母のにおいがする遺品に囲まれていると安心するようだ。毛布を踏んでいるときもあった。猫が毛布や布団を踏むのは、母親を恋しがっているからだと言われている。櫂の母のことを、本当の母親だと思っていたのかもしれない。

だが、ずっと母の部屋にいるわけではない。朝になると起き出して、食堂で餌を食べる。この家にやって来たときからの習慣だった。今でも櫂より早く起きる。

ぼんやりしているうちに、いつの間にか午前八時をすぎてしまった。ちびが腹を減らしていることだろう。

櫂は起き上がり、食堂に行った。窓のシャッターを下ろしてあるので店内は暗かった。古時計の針の音だけが聞こえた。

――おかしい。

そう思ったのは、ちびの気配がなかったからだ。いつもなら櫂にまとわりついてくるのに、鳴き声一つ聞こえない。

照明をつけたが、やっぱり見当たらなかった。古時計のそばにも、テーブルの下にもいない。

「ちび」

名前を呼んでも静まり返っている。食堂にはいないようだ。念のため、母の部屋を含めた家中を見て回ったが、ちびはどこにもいなかった。

また、外に出てしまったのだろうか？

この家のどこかに猫が通れるだけの隙間があるらしく、ちびはすぐに出てしまう。脱走癖があった。

出入り口の黒板のそばより遠くにはいかないので、何となく自由にさせていた。これまでは交通事故に遭う心配もなかったが、この家から出て行くのだから、もう外へは出さないようにしなければならない。

櫂は店に戻り、入り口の扉を開けた。すでに夜は明けて、海辺の町は朝になっていた。空はどこまでも青く、空気が澄んでいる。いつもと変わらない景色があった。

だけど、ちびはいない。チョークの消えた黒板があるだけで、子猫は見当たらなかった。

どこに行ったのだろう？

ちびは好奇心旺盛だ。カモメやウミネコを見て、追いかけて行ってしまったのかもしれない。今さら自由にさせていたことを後悔した。父がいなくなって母が他界し、その上、ちびまでどこかに行ってしまったら、独りぼっちになってしまう。

　不安に襲われ、櫂は駆け出した。ちびに二度と会えない気がした。母と一緒に行ってしまったような気がしたのだ。

「ちび！」

　貝殻の小道を走りながら、櫂は叫んだ。すると、返事があった。

「みゃあ」

　少し離れた場所から聞こえた。立ち止まり耳を澄ますと、足音が聞こえた。人間の足音だ。こっちに近づいて来る。

「みゃん」

　ちびの声も近づいて来た。やがて姿が見えた。琴子だった。ちびを抱いて櫂の前に現れた。

「また、来てしまいました」

「どうして……」

　戸惑いながら聞いた。店は閉めたと伝えたのに、たたんだと言ったのに、来るとは思っていなかった。

「朝ごはんを作りに来ました」

それが、琴子の返事だった。櫂の顔を見て続けた。

「福地さんのために、朝ごはんを作らせてください」

まるでプロポーズだ。

そう思うと頬が赤くなる。恥ずかしい気持ちになったが、自分の言葉を撤回しなかった。

琴子なりに腹をくくって、ここに来たのだ。

ちびねこ亭を訪れたのは落花生ご飯を作ったとき以来だが、実を言うと、この町には昨日も来ていた。櫂に会うために来たのではなく、緩和病棟に戻った倉田芳雄のお見舞いに行った。

芳雄は、かき氷を食べていた。緩和病棟では、患者はかき氷を自由に食べることができた。口に含んで溶かしながら食べるので、喉に詰まることなく水分を摂取できるからだ。

いちごシロップをかけたかき氷を少しずつ口に運びながら、芳雄は琴子と話をした。櫂のことも教えてくれた。

「身内を亡くすと、いろいろと考えるもんだ」

ちびねこ亭の常連だっただけに、母親を亡くした櫂のことを心配していた。

「あんたが支えてやるといい」

芳雄は言った。琴子を櫂の恋人だと勘違いしているようだ。否定しようと思ったが、芳雄は聞いていない。独り言を言うように話し始めた。

「ちびねこ亭には、世話になった。閉店してから行ったこともあったな……」

世津が入院していたころのことだ。お見舞いの帰りに寄ったはいいが、すでに営業時間が終わっていた。

「看板か……」

そう呟き、引き返そうとしたときだ。カランコロンとドアベルが鳴って、七美が出てきた。芳雄に気づいたらしい。

「寄って行ってくださいな」

と、遠慮する芳雄を店に招き入れ、

「こんなものしか残っていませんが」

申し訳なさそうに言って、まかないを出してくれた。家族で食べるはずだった料理を振る舞ってくれたのだった。

「あの飯は旨かった……」

緩和病棟のベッドで呟いた。それが、きっかけだった。琴子は、その料理を作ろうと思った。

上手く作れるか分からないし、お節介だと思われるかもしれない。出すぎた真似なのも分かっている。

それでも琴子は、彼のために料理を作りたかった。助けてもらった恩を返したかった。傷ついている櫂を勇気づけたかった。

櫂は、ちびに餌をやった。それから琴子と一緒にお茶を飲んだ。二人とも無言だった。しばらく何も話さずに座っていたが、ちびが安楽椅子で丸くなったころ、琴子が立ち上がった。

「買い物に行って来ます」

開店時間を見計らっていたようだ。

「一緒に行きましょうか」

櫂は言ったが、琴子は断った。

「一人で大丈夫です」

そして、出かけて行った。琴子に朝ごはんを作ってもらうことになっている。放っておいて欲しいという気持ちもあったが、それ以上に、琴子の作る料理に興味があった。

琴子は芳雄の家で料理を作り、思い出をよみがえらせている。櫂には何も見えなかったが、死んだ芳雄の妻──世津が現れて、語りかけてきたという。

琴子の料理を食べたら、自分も死者と会えるのだろうか？

母に会えるのだろうか？

ちびねこ亭は、大切な人との思い出がよみがえる食堂だと言われている。思い出ごはんを食べると、死んだ人間の声が聞こえたり、現れたりすることもあると評判になっていた。

その評判に乗るように陰膳を作り続けていたが、実のところ、櫂は死者が本当に現れるとは思っていない。別の解釈をしていた。

思い出の料理が記憶を刺激し、幻を見るのではなかろうか。現れた死者は、生者に都合のいいことばかりを言っている。本物の死者ではなく、生者がイメージしたものが見えただけに思える。

でも、それでもよかった。幻でも白昼夢でもいい。母に会いたかった。この町から出て行く前に、もう一度だけ母と話したかった。

「そう思いませんか？」

安楽椅子で丸くなっているちびに聞くと、眠そうな顔で返事をしてくれた。

「ふみゃあ」

欠伸(あくび)みたいな鳴き声だった。気のない顔をしている。櫂は、少しむっとした。

「思わないんですか？」

子猫を問い詰めていると、カランコロンとドアベルが鳴り、ちびねこ亭の扉が開いた。

「戻りました」

琴子が帰って来たのだった。

櫂は、琴子に店のキッチンを貸すことにした。

「いいんですか？」

「ええ。もう食堂ではありませんから」

店をたたんだのだから、自宅の台所を貸すのと変わりがない。まだガスも電気も水道も止めていないので、普通に使えるはずだった。

「では、お借りします」

少し躊躇ってから、カバンを壁際の椅子に置き、琴子がキッチンに入っていった。櫂もちびもついて行かなかった。

時間が流れた。

三十分くらい経ったとき、琴子が戻って来た。鉄鍋とコンロを持っている。テーブルで料理を作るつもりのようだ。刻んだ葱と牛肉もある。

「かずさ和牛を買ってきました」

琴子が言った。地元のブランド牛だ。脂質の融点が低く、火をあまり通さなくても舌の上で溶けるので、霜降りでありながら、あっさりと食べることができる。

ちなみに、千葉県は日本の酪農発祥の地と言われている。江戸時代、八代将軍徳川吉宗（とくがわよしむね）がインド産の白牛（はくぎゅう）を輸入し、千葉県の嶺岡牧（みねおかまき）（現在の南房総市）で飼育し、白牛酪（現在のバターのようなもの）を製造したことが、日本の酪農の始まりである、と千葉県のホームページに記載されている。

そのかずさ和牛を使って、料理を作るつもりのようだ。鉄鍋と牛肉、葱とくれば何を作るか想像できるが、念のため聞いた。

「何を作るのですか？」

「すき焼きです」

予想通りの返事があった。

「すぐにできますから」

そう言って、琴子が料理を始めた。最初に醬油と酒、砂糖に水を加えて溶き、それを雪平鍋（ゆきひらなべ）に入れて火にかけて割り下を作る。次に、鉄鍋を熱して牛脂を溶かし、葱を焼いて軽く焦げ目を付ける。最後に割り下と牛肉を加えて加熱して完成だ。

「関東風のすき焼きですね」

割り下で煮るのが関東風、牛脂で焼くのが関西風だ。あくまでも櫂のイメージだが、後者は焼き肉に近い気がする。

「はい。我が家は関東風なんです」

琴子が応えた。櫂の家と一緒だ。

そんなことを話しているうちに、ぐつぐつと煮える音がして、砂糖醤油の甘辛い香りと牛肉の煮えるにおいが広がった。

鼻をひくひくさせながら、ちびが琴子に向かって鳴いた。

「みゃ」

食べごろだと知らせているみたいだ。琴子もそう思ったらしく、ちびにお礼を言った。

「うん。そろそろね。ありがとう」

そして、櫂のために生玉子を取り皿に割り、さらに、牛肉を取り分けてくれた。

「お召し上がりください」

「すみません」

櫂は受け取り、牛肉を見た。赤味が残っているが、かずさ和牛はあまり火を通さないほうが旨い。ちびが教えてくれたように食べごろだった。

「いただきます」

琴子に頭を下げ、牛肉に生玉子を絡めて口に運んだ。かずさ和牛は、口の中でとろけそうなくらい柔らかく肉に甘みがある。

牛肉に砂糖醬油の割り下がよく絡み、その両方を玉子の黄身が包み込んでいる。まろやかでジューシーで、肉の旨みが十分に引き立てられていた。

美味しかった。煮加減も味付けも完璧で、過去に食べたどのすき焼きにも負けていない。母の作ったすき焼きの味にもよく似ている。

でも、違う。

これではなかった。

これは、櫂の思い出ごはんではない。

すき焼きは、ちびねこ亭の人気メニューだが、家庭料理として食卓に出されたことはなかった。朝ごはんにも、昼ごはんにも、晩ごはんにも食べた記憶がない。母の思い出はよみがえらず、声も聞こえなかった。

「二木さん、申し訳ありませんが――」

肩を落として箸を置こうとした。だが、がっかりするのは早かった。

「そろそろ用意します」

琴子が言った。すでに、すき焼きを食べているのにそう言ったのだった。

そして、丼に白飯をよそった。それから、お玉杓子ですき焼きをすくい、丼の白飯にかけた。鉄鍋の余熱に煮られて牛肉には完全に火が通り、葱はくたくたになっている。

「すき焼き丼です」

琴子は言って、櫂に丼を差し出した。

櫂は、返事ができない。ただ、その料理から目を離せなかった。すき焼き丼には、母との思い出があった。


従業員のために作る料理を「まかない」と呼ぶ。

ちびねこ亭は家族だけでやっている店で、アルバイトを雇っているわけではなかったが、閉店後に食べるまかないのような料理はあった。例えば、すき焼き丼だ。

すき焼きは、ちびねこ亭の人気メニューだ。思い出ごはんとしても、普通の食事としても注文する客が多い。だから、母は多めに材料を仕入れていた。

そして、店が終わると、櫂のためにすき焼き丼を作ってくれた。あくまでも残りものなので、すき焼きとして鍋で食べるには、肉が少なかったからだろう。

櫂と自分の分だけでなく、父の膳もあった。四人がけのテーブル席に、母と並んで座り、正面に陰膳を置いて、家族団欒（だんらん）のように食事をした。店が終わった後のほっとする時間だった。

そんなふうに昔のことを思い出していると、琴子がおずおずと声をかけてきた。

「あの……」

困った顔をしている。櫂は、差し出された丼を受け取ってさえいなかった。

「すみません。ぼんやりしてしまいました」

琴子に謝って、丼を受け取った。温かく、ずっしりとした重さがあった。

「いただきます」

同じ台詞をもう一度言って、葱をつまんだ。牛肉の脂と砂糖醤油をしっかりと吸い込んでいて、くたくたになるまで煮込まれている。葱をじっくり加熱すると、余計な水分が抜けて甘みが増す。食べる前から、トロリと溶けそうだった。

ゴクリと喉が鳴った。母が死んでから食欲などなかったのに、急に空腹を感じた。牛肉の脂の染みた甘辛い葱を食べたかった。

一味唐がらしが添えてあったが、かけずに食べることに決め、葱を口に入れた。噛んだ瞬間、味が弾けた。一切れの葱に、牛肉と醤油、砂糖の味が詰まっている。すき焼きの旨みが凝縮されていた。

懐かしい味だった。その味と香りに誘われるように、母が死んだときの記憶がよみがえった。それは、悲しい思い出だった。

「お世話になりました」

最後まで面倒を見てくれた医者と看護師に挨拶をした。彼らは頭を下げ、病室から出て行った。櫂と二人だけにしてくれたのだ。

医者も看護師もいなくなった病室で、櫂は母の顔を見た。全身に癌が転移したのが嘘のように、穏やかな顔をしていた。苦しみの跡はなく、眠っているみたいだった。「お母さん」と呼べば、目を覚ましそうな気さえした。

声をかける代わりに、母の頬に触れた。すでに冷たくなっていた。もちろん、目を開けることもない。

「死んでしまったんですね」

そう呟くと、今までの出来事が走馬灯のように頭をよぎった。ある日、母が緩和病棟のベッドに横たわったまま櫂に眼鏡を渡した。

「しばらく使わないから、持っていてもらえる?」

母は読書が好きで、入院してからも本を欠かさず読んでいたが、いつのころからか、べッドから身体を起こすことさえままならなくなっていた。読書どころか食事もろくに摂れず、点滴に頼っている。

苦しいだろうに弱音を吐かなかった。このときも冗談めかした口調で、こんなふうに続けた。

「元気になって家に帰ったら、たくさん本を読むから預かってて」

形見のつもりで眼鏡を渡したということは、櫂にも分かった。母は死を覚悟している。この病院で、人生の終わりを迎えようとしている。そう思うと涙が溢れそうになったが、無理やり明るい声で問い返した。

「お母さんが帰って来るまで、この眼鏡を使っていてもいいですか？」

近眼ではなかったが、レンズを入れ替えて使うつもりだった。母のことを身近に感じていたかった。

「いいけど、壊さないでね」

母は笑ってみせたが、その声は掠れていて、聞き取りにくいくらい小さかった。酸素マスクをしているせいもあったが、話すのも辛いのだろう。

そんな容態を目の当たりにしても、心のどこかで奇跡を信じていた。元気になると信じていた。母が帰って来て、また一緒に暮らせる日が来ると信じていた。

だが、奇跡は起こらなかった。病気は治らなかった。寿命は延びず、母は物言わぬ亡骸(なきがら)となって、ちびねこ亭に帰って来た。

留守番をしていたちびが、動かなくなった母の顔を見て「みゃあ」と鳴いた。話しかけているようだったが、やがて返事をしない母を見て、不思議そうに首を傾げた。

「死んじゃったんですよ」

ちびに教えてやったつもりなのに、涙が零れた。母の死が——もうこの世にいないことが、櫂の胸に迫った。

泣いている暇はなかった。葬式の手配をしなければならない。僧侶に経(きょう)をあげてもらい、火葬場で骨にした。

ちびとふたりで母を見送ることにしたが、ちびは火葬場には連れて行けなかった。櫂は一人で骨を拾い、借りていた眼鏡と一緒に骨壺に入れた。レンズは、母が使っていたころのものに戻してある。

骨壺に手を合わせ、祈りを捧げた。

あの世で不自由しないように。

たくさん本を読めるように。

お母さんが困らないように。

死後の世界を信じてもいないくせに、あの世なんてないと思っているくせに、あの世での母の幸せを祈った。病気のないあの世で、大好きな本をたくさん読んで欲しいと願った。

耀は、すき焼き丼を完食した。肉も美味しかったが、煮汁を吸い込んだご飯の味は格別だった。

「本当に美味しかったです」

耀は、丼と箸を置いた。食事は終わった。いつの間にか向かいの席に思い出ごはん――母の分のすき焼き丼が置かれていたが、それも冷めかけて湯気がなくなろうとしていた。すき焼き丼を食べて母のことを思い出しはしたが、この場には現れず、語りかけてくることもなかった。やっぱり、自分に奇跡は起こらないのだ。耀は、肩を落とした。

琴子が問いたげな顔で、こっちを見ている。何も起こらなかったことを伝えよう――そう思ったときのことだ。

「みゃあ」

ちびが鳴いた。誰かに話しかけるような声だった。甘えているようにも聞こえる。視線を向けると、店の隅――琴子のカバンが置いてある場所のそばに移動していた。椅子に乗って琴子のカバンに鼻を付けるようにして、もう一度鳴いた。

〝みゃあ〟

さっきと同じ鳴き方なのに、声がくぐもっていた。風邪でも引いたのだろうか。心配になり、櫂はちびに問いかけた。

〝どうしたんですか？〟

驚いたことに、自分の声もくぐもっていた。異変はそれだけではなかった。琴子のカバンが眩い光を放ち始めたのだった。

瞬く間にその光は大きくなり、櫂を包み込んだ。すっぽりと覆われてしまった。

まるで光の中にいるようで、世界がハレーションを起こしたみたいだった。

そのくせ、景色は見える。

店の中いっぱいに、靄が広がっていた。

〝これは、いったい……〟

琴子に話しかけたつもりだったが、彼女の姿は消えていた。ほんの数秒前までいたはずなのに、影も形もなかった。

そして、ちびねこ亭の扉が開く音が聞こえた。

カランコロン。

誰かが店に入って来た。眩い光と靄のせいでよく見えないが、女性のシルエットだった。

った。

まさか――そう思ったとき、ちびが〝みゃお〟と甘えた声で鳴き、扉のほうに迎えに行

やがて、店に入って来た女性の顔がはっきりと見えた。少し前まで櫂のしていた眼鏡をかけている。

〝……お母さん〟

櫂は言った。死んでしまったはずの母が、帰ってきたのだった。

〝ただいま〟

母が言った。ちびがその足元に駆け寄り、身体をこすりつけている。自分のにおいを大好きな母につけようとしているのだろう。

そんなちびに、母が声をかけた。

〝いい子にしていたみたいね〟

〝みゃん〟

ちびが胸を張って答えた。いい子にしていた自信があるのだ。母がその頭を撫でると、納得したように安楽椅子に帰って行った。

母は、櫂の座るテーブルの向かいの席に腰を下ろし、かすかに立ち昇る湯気を見ながら

問いかけてきた。

〝私に話があるんでしょ？〟

〝……ええ〟

櫂は答え、思い出ごはんの噂は本当だったんだと思った。そうだとすると、ぼんやりしている暇はない。この世に戻ってきた大切な人は、料理が冷めるまでしか現世にいられないのだ。すき焼き丼はすでに冷めかけている。

言おうと思っていたことを、櫂は母に伝えた。

〝ちびねこ亭を閉めることにしました〟

はっきり、そう伝えた。

〝この町から出て行くつもりね〟

母は、櫂の気持ちを知っていた。ちびと一緒に旅に出ようとしていることを知っているのだ。

この店は、母の大切な店だ。閉店してしまうことに申し訳ない気持ちがあった。櫂は頭を下げた。

〝すみません〟

母は怒らなかった。

〝謝らなくていいのよ。ただ、身体には気をつけてね〟

言葉も声もやさしかった。生きていたころと一緒だ。櫂が病気をすると、夜も寝ずに付ききりで看病してくれた。櫂をおんぶして、病院に連れて行ってくれたこともあった。

母の背中の温かさを思い出し、泣きそうになった。あんなにやさしくしてもらったのに、自分は何もしてやれなかった。

せめて泣くのはやめよう。

子どもが泣いていたら、親はあの世で休めない。

母に心配をかけないようにしよう。

そう思い涙を堪えていると、母が話しかけてきた。

〝泣いてもいいのよ。誰にでも泣ける場所は必要だから〟

やさしい声で言って、語るように続けた。

この町から出て行って、そこで悲しいことがあったら——我慢できないくらい辛いことがあったら、この町に戻ってきて泣くといいわ。

ここは、あなたの生まれた町だから。

お父さんとお母さんと暮らした町だから。

店を閉めても、あなたの故郷なんだから。
泣いてもいい場所だから。

〝お母さん……〟

〝なあに？〟

聞き返されたが、答えることができない。ただ、櫂は涙を流して泣いた。下を向き泣いていると、母の手が頭を撫でてくれた。

すると気持ちが落ち着いた。子どものころのように、気持ちが安らいだ。それを待っていたように、母が立ち上がった。

〝そろそろ帰るわね〟

テーブルの上を見ると、すき焼き丼の湯気が消えていた。死者は思い出ごはんが冷めるまでしか、この世にいることができない。あの世に戻る時間が来たのだ。

こうなることは分かってはいたが、別れたくなかった。独りぼっちに——ちびとふたりきりになりたくなかった。櫂は、母に頼んだ。

〝お母さん、どこにも行かないでください〟

〝そういうわけにはいかないのよ〟

母が申し訳なさそうに答え、ちびねこ亭の扉の向こうを見て呟いた。

〝迎えも来ているのよ〟

〝迎え？〟

鸚鵡返しに聞き返した瞬間、カランコロンと音が鳴った。ちびねこ亭の扉が開いた音だ。

視線を向けると、男の人影が立っていた。櫂によく似た面差しの、背の高い男だ。光と靄に包まれるようにして立っている。

考えるより先に、言葉が出た。誰だか分かった。

〝お父さん……〟

二十年ぶりなのに、父だと分かったのだ。男の人影が頷き、櫂の言葉を認めた。本物の父親だった。

櫂は駆け寄ろうとした。しかし身体が動かない。金縛りにでもあったみたいに、立ち上がることができなかった。父に近寄ることができない。

〝ごめんね、櫂。会えるのは、一人だけって決まっているみたいなの。あなたと話すこともできないの〟

母が教えてくれた。扉のところまで来るのだって、本当はルール違反なのかもしれない。きっと神様に無理を言って、櫂に顔を見せてくれたのだろう。

母が、その父のもとに歩いて行った。扉のそばで立ち止まり、父と一緒に櫂の顔を見た。本当の別れのときが訪れたのだ。

櫂は腹をくくった。泣き言よりも言っておくべきことがある。

〝お父さん、お母さん。二人の子どもに生まれて幸せでした〟

今も幸せだ、と伝えた。

両親は笑ってくれた。そして返事をする。

〝私たちもよ、櫂。……じゃあね〟

それが最後の言葉だった。父母が、ちびねこ亭から出て行った。カランコロンと音が鳴り、朝靄が晴れた。

琴子は、ずっと櫂を見ていた。思い出ごはんのつもりで作ったすき焼き丼を食べ終えた後、櫂が凍りついたように動かなくなった。

「あの……」

話しかけても返事をしない。琴子の声が聞こえていないように見えた。

母親が現れたのだろうか。

琴子は目を凝らしたが、それらしきものは何も見えない。琴子の兄が現れたときは朝靄が広がり、古時計の針が止まったが、そのどちらの気配もなかった。

ちびは安楽椅子の上で丸くなったままで、夢を見ているらしく、ときどき、「みゃあ」と寝言のように鳴いている。

やっぱり、奇跡は起こらなかったのだろうか？

それにしては櫂の様子がおかしいが、琴子には確かめる術がない。黙って櫂を見ていた。

ゆっくりと時間が流れ、やがて、すき焼き丼は冷めてしまった。そのとき、ふと、櫂が何か呟いたようだが、琴子の耳には届かなかった。櫂は視線を動かし、出入り口の扉を見ている。そして、櫂の口がかすかに動いた。

……幸せでした。

そう言ったように思えたが、はっきりとは聞こえなかった。涙が溢れているが、表情は穏やかだ。満ち足りた顔をしている。

琴子は緑茶を淹れ、テーブルに置いた。

「お茶をどうぞ」

すると返事があった。

「ありがとうございます」

落ち着いた声だった。顔を見ると、涙が消えていた。拭いた形跡もなかった。泣いているように見えたのは、琴子の気のせいだったのかもしれない。

櫂はお茶を一口飲み、湯呑みを置き、そして、琴子に言った。

「ごちそうさま」

食事が終わったということだろう。櫂の身に何が起こったのかは分からないままだが、料理を作って食べてもらった。これ以上、ここにいる理由はない。いや、もう一つだけあった。櫂に渡したいものがあったことを思い出した。

自分のカバンを取って、紙袋を出した。そして、それを櫂に差し出す。

「あの……。これ……」

蚊の鳴くような声しか出なかったが、紙袋にはリボンのシールが貼ってあり、一目でプレゼントだと分かる。櫂が意外そうな顔をした。

「私に、ですか？」

「はい」

頷きながら赤くなってしまった。身内以外の男性にプレゼントを渡すのは初めてだった。恥ずかしくて緊張して手が震えそうだ。

「もらっていただけますか？」

問いかける声が、ひっくり返っている。

断られたらどうしよう？

受け取ってもらえなかったらどうしよう？

今さら、そんなことを考えた。プレゼントを差し出しながら、逃げ出したい気持ちになった。返事を聞くのが怖くて、櫂の顔を見ることができない。

でも、櫂は断らなかった。琴子のプレゼントを受け取ってくれた。

「ありがとうございます」

琴子に礼を言い、聞いてきた。

「開けていいですか？」

「は……はい」

琴子が頷くと、紙袋を開けて中身を取り出した。

「眼鏡ですね」

それが、プレゼントの正体だ。櫂がかけていた眼鏡によく似たデザインのものを選んだ。

それまでかけていた眼鏡が櫂の母親のものだったことは、芳雄が教えてくれた。似た眼鏡をプレゼントするのは、それこそ出すぎた真似なのかもしれない。突き返されても、文句は言わないつもりだったが、櫂は怒らなかった。その代わり不思議な台詞を呟いた。

「これだったんですね、さっきのは……」

「さっきの？」

琴子は聞き返すが、櫂は説明をしてくれない。

「いえ、独り言です」

小さく首を横に振り、眼鏡をかけて見せた。

「ぴったりですね」

櫂がにっこりと笑ってくれた。彼には、眼鏡と笑顔がよく似合う。

その笑顔を見て、ふうと力が抜けた。今度こそ、用事は終わった。あとは電車に乗って帰るだけだ。

自分には自分の人生があって、櫂には櫂の人生がある。そんな当たり前のことが、たまらなく寂しかった。

舞台を見に来てくれと言いたかったが、これから櫂がどこへ行くのか分からないのだから誘うことはできない。母を亡くしたばかりの櫂を誘う勇気もなかった。

「それでは――」

挨拶をして帰ろうとしたときだ。

「みゃあ」

ちびが鳴いた。眠っていたはずの子猫が起き上がり、櫂を見つめている。

やっぱり、猫の言葉が分かるのか、櫂が返事をした。

「そうですね」

そして琴子に向き直り、いつもの丁寧な口調で言ってきた。

「食事を作っていただき、眼鏡までもらった上に申し上げにくいのですが、一つ、お願いがあります。聞いていただけますか？」

「は……はい。私にできることなら」

頷く琴子を見て、ちびがしっぽを大きく振った。よく分からないが、安心したみたいだった。櫂も、ほっとしたように口を開いた。

「ありがとうございます。では」

立ち上がり、ちびねこ亭の入り口に向かった。ちびがしっぽの先をU(ユー)の字に曲げて、そのうしろを歩いて行く。

どうしていいのか分からずそれを見ていると、ちびが振り返り鳴いた。

「みゃ」

早く来いと言われた気がした。琴子はふたりを追いかけた。

食堂の入り口のそばまで行くと、櫂が一流ホテルのドアマンのように扉を開けてくれた。

カランコロン。

ドアベルが鳴り、外の空気が入ってきた。十一月の浜風は少し冷たいが、頬に心地いい。目の前には、美しい内房の風景が広がっている。櫂と初めて会った砂浜が見えた。白い貝殻を敷き詰めた小道が延びていて、波の音とウミネコの鳴き声が聞こえる。空は、どこまでも青かった。

この景色を見せようとしたのだろうかとも思ったが、櫂の視線は別の場所を向いていた。足元だ。扉の脇を見ている。

そこには、黒板が置いてあった。看板の代わりに使われていた黒板だが、チョークで書かれた文字はなかった。ちびらしき子猫の絵も消えている。

その黒板の前に、ちびがちょこんと座った。しっぽと耳を動かしながら、催促するように櫂に向かって鳴いた。

「みゃあ」

「ええ。そのつもりです」

櫂が返事をし、黒板の粉受けからチョークを拾い上げた。そして、文字を書き始めた。

ちびねこ亭

思い出ごはん、作ります。

　白いチョークで紡ぎ出された文字は、青空に浮かぶ白い雲のように美しく見えた。今まで書かれた文字をなぞったものではなかった。のびのびとした字だった。これが櫂本来の筆跡なのだろう。

「みゃ？」

　それで終わりかというように、ちびが鳴くと、櫂は笑った。

「分かってます」

　チョークを走らせて、もう一文を書いた。

当店には猫がおります。

　前よりも大きな文字だった。まるで猫がいることを誇っているみたいだ。

「みゃん」

　ちびが、その文字を見て納得したように鳴いた。

　櫂がくすりと笑い、それから琴子に言った。

「店を閉めるのはやめました」

「ほ……本当ですか？」

「ええ。ちびねこ亭を続けます」

「……よかった」

心の底から、ほっとした。すると櫂が聞いてきた。

「また食事に来ていただけますか？」

「もちろんです！」

自分でも分かるほど声が弾んでいた。また、櫂の料理を食べられる。彼に会うことができると思ったのだ。

満たされた気持ちでいると、櫂が本題に入る口調で切り出した。

「お願いというのはですね――」

忘れかけていたが、お願いがあると言われて、店の外に来たのだった。

「……何でしょう？」

何を頼まれるのか想像もできず、おっかなびっくりに聞くと、櫂がチョークを差し出しながら言った。

「この黒板に、ちびの絵を描いてください」

「ええっ⁉　む、無理です」

猫の絵なんて描けるわけがない。絶対に無理だ。落書きならともかく、看板代わりの黒板なのだ。

チョークを受け取らず首を横に振って断ったが、ちびも櫂も引き下がらなかった。

「みゃあ」

「お願いします」

そう言われても困る。無理なものは無理だ。この場から逃げ出そうかと思っていると、櫂が真剣な声で続けた。

「あなたに――琴子さんに絵を描いて欲しいんです」

琴子さん。

そう櫂に呼ばれた。初めて下の名前で呼ばれた。こんなときなのに、頬が赤くなってしまった。琴子は、それを誤魔化すようにうつむいた。

すると、櫂が慌てた声で謝った。

「す、すみません」

「みゃあ」

ちびまでが謝るみたいに鳴いた。視線を向けると、反省していますと言わんばかりに背中を丸めている。

琴子は笑ってしまった。この店に来ると、笑顔になることができる。泣いてしまうことがあっても、最後には幸せで前向きな気持ちになれる。

「みゃ？」

ちびが、不思議そうに琴子を見た。

「琴子さん？」

櫂がまた名前を呼んでくれた。その声は温かく、気持ちが楽になった。描いたこともない猫の絵を描いてみようと思った。

尻込みするのはやめよう。二度とない人生なのだから、自分にできることをするのだ。上手くできなくても、失敗しても、それは大切な思い出になる。

「チョークを貸してください」

琴子は、自分から言った。これから新しい時間が始まる。昨日までと違った日が訪れる。

「は……はい」

櫂がチョークを渡してくれた。ちびが期待に満ちた顔で、耳をぴんと立てた。その様子は、やっぱりおかしかった。

「上手に描けなくても、笑わないでくださいね」

笑いながらふたりに釘を刺し、チョークを黒板に走らせた。

ちびねこ亭特製レシピ
# すき焼き丼

材料（４人前）

・牛肉（すき焼き用）４００グラム
・長葱　２本
・醬油、酒、水　各100ml
・砂糖　適量
・牛脂　適量
・丼飯　４人分

作り方

1　醬油と酒、砂糖に水を加えて溶き、それを小鍋に入れて火にかけて割り下を作る。
2　鉄鍋を熱して牛脂を溶かし、斜め切りにした長葱を焼いて軽く焦げ目を付ける。
3　割り下と牛肉を加えて加熱する（すき焼きの完成）。煮る加減は好みだが、じっくり煮込んだほうが長葱が甘くなる。
4　完成したすき焼きを炊き立てのごはんにのせる。

ポイント

醬油、酒、水、砂糖はあくまでも目安。濃い味が好みの場合は、醬油と酒を１.５倍程度にしてください。ただし煮込むので、本当のすき焼きよりは薄味に作ったほうがしょっぱくならないです。

光文社文庫

文庫書下ろし
ちびねこ亭の思い出ごはん　黒猫と初恋サンドイッチ
著者　高橋由太

2020年4月20日　初版1刷発行
2024年2月20日　8刷発行

発行者　三宅貴久
印刷　萩原印刷
製本　ナショナル製本

発行所　株式会社　光文社
〒112-8011　東京都文京区音羽1-16-6
電話 (03)5395-8149　編集部
8116　書籍販売部
8125　業務部


落丁本・乱丁本は業務部にご連絡くだされば、お取替えいたします。
ISBN978-4-334-79005-9　Printed in Japan



組版　萩原印刷

光文社文庫　好評既刊

鬼棲むところ　朱川湊人
〈銀の鯱亭〉の御挨拶　小路幸也
少女を殺す100の方法　白井智之
ミステリー・オーバードーズ　白井智之
絶滅のアンソロジー　真藤順丈 リクエスト！
神を喰らう者たち　新堂冬樹
シンポ教授の生活とミステリー　新保博久
くれなゐの紐　須賀しのぶ
ブレイン・ドレイン　関俊介
孤独を生きる　瀬戸内寂聴
生きることば あなたへ　瀬戸内寂聴
寂聴あおぞら説法 こころを贈る　瀬戸内寂聴
幸せは急がないで　瀬戸内寂聴 青山俊董 編
腸詰小僧 曽根圭介短編集　曽根圭介
正体　染井為人
成吉思汗の秘密 新装版　高木彬光
白昼の死角 新装版　高木彬光

人形はなぜ殺される 新装版　高木彬光
邪馬台国の秘密 新装版　高木彬光
「横浜」をつくった男　高木彬光
刺青殺人事件 新装版　高木彬光
呪縛の家 新装版　高木彬光
ちびねこ亭の思い出ごはん 黒猫と初恋サンドイッチ　高橋由太
ちびねこ亭の思い出ごはん 三毛猫と昨日のカレー　高橋由太
ちびねこ亭の思い出ごはん キジトラ猫と菜の花づくし　高橋由太
ちびねこ亭の思い出ごはん ちょびひげ猫とコロッケパン　高橋由太
ちびねこ亭の思い出ごはん たび猫とあの日の唐揚げ　高橋由太
ちびねこ亭の思い出ごはん からす猫とホットチョコレート　高橋由太
ちびねこ亭の思い出ごはん チューリップ畑の猫と落花生みそ　高橋由太
乗りかかった船　瀧羽麻子
退職者四十七人の逆襲　建倉圭介
あとを継ぐひと　田中兆子
王都炎上　田中芳樹
王子二人　田中芳樹